大ちゃん

星あかり・作
遠藤てるよ・絵

子どもの本 ── 大日本図書

大ちゃん

もくじ

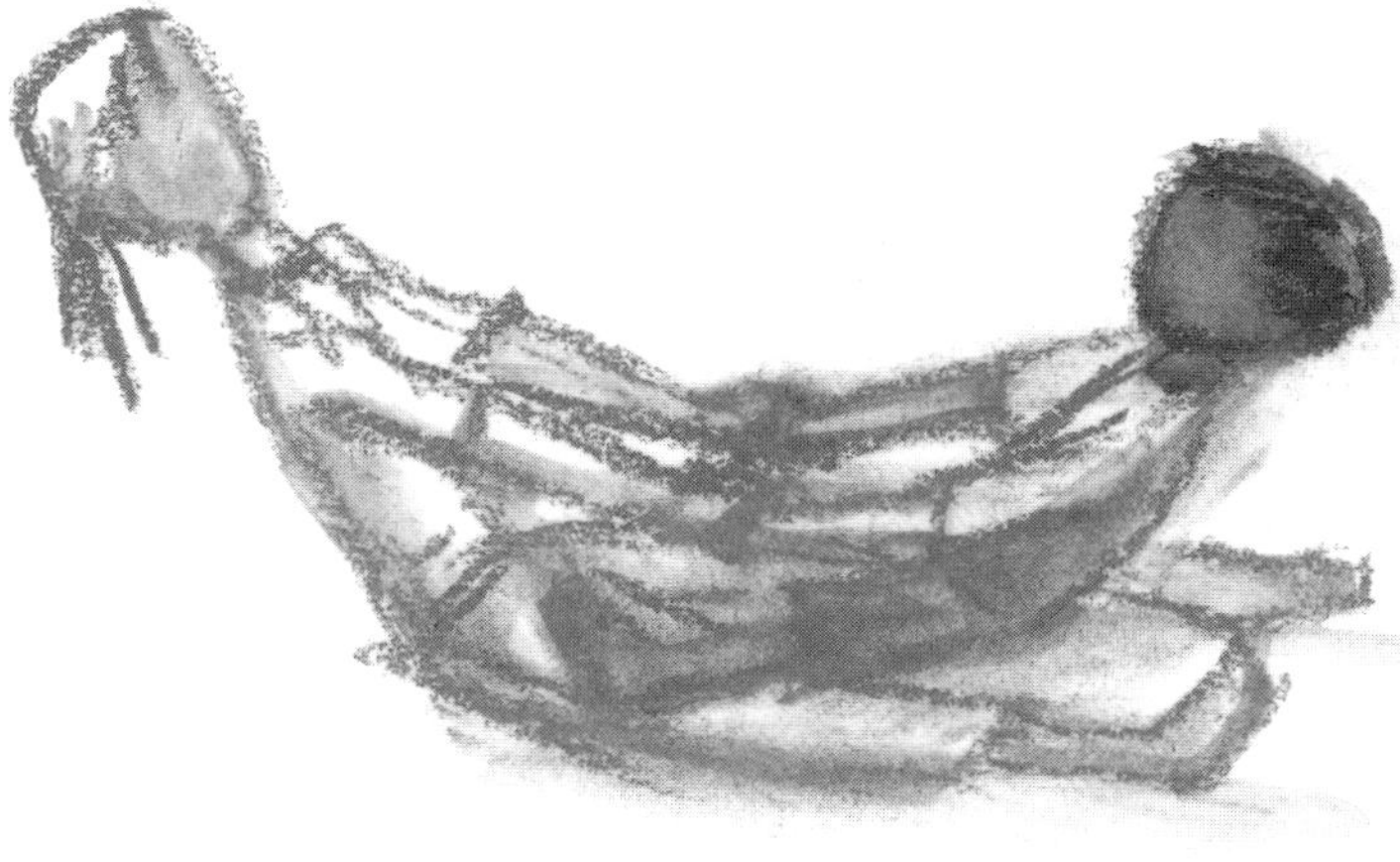

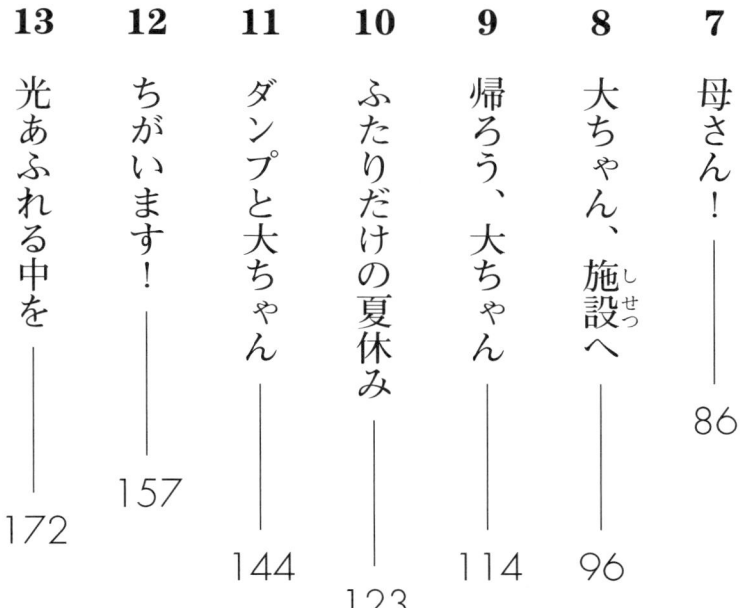

装幀／遠藤てるよ

1　わたしのお兄ちゃん

「まい！　まい、起きて！」

母さんの声が耳につきささる。

ねぼけまなこで、むくっと起き上がる。なにか起こると、頭はねていてもからだが反射的《はんしゃてき》に動くようになっていた。

「大が、階段《かいだん》から落ちたの。母さん、すぐ水田医院《みずたいいん》へ行ってくるから、咲《さき》のこと、たのむね」

ダイガ、カイダンカラオチタノ――。

頭の中で復唱《ふくしょう》する。

えっ、大ちゃんが落ちた!?
ようやく目ざめたとき、母さんはもういなかった。

わが家《や》は二階建てアパートの東の端《はし》っこで、玄関《げんかん》のドアを開けたら、すぐ階《かい》段《だん》につながっている。ここのところ大ちゃんはわんぱくになって、よちよち歩きだったのがテーブルにはい上がったり、二階建てベッドの柵《さく》にぶら下がったりして、目がはなせなくなっていた。そして、みんなのすることをまねして、かぎをはずして、ドアのノブをまわすようになった。こうなると、よろこんでばかりいられない。いつかなにか起こりそうな気がしていたんだ。

大ちゃん、たいしたことなければいいけど。
咲《さき》は、なにも知らずに、すやすやとふとんの中でねむっている。
午前六時十分、母さんが大ちゃんと病院へ行ってから、一時間以上《いじょう》たっていた。

玄関《げんかん》のブザーが鳴る。

あわててドアを開けると、頭に包帯《ほうたい》をぐるぐる巻《ま》いた大ちゃんが、母さんにだかれていた。

「ただいま。大ね、頭を切ってて、ぬってもらったの。もうだいじょうぶよ」

「はあっ、よかったねえ、大ちゃん」

大ちゃんはにっとわらって、なにもなかったかのような顔をしている。

まったく、人さわがせな大ちゃんだ。

それから数日間は、なにごともなくすぎた。


わっ！

突然《とつぜん》、ほおにあついいと息がかかって、とび起きる。

大ちゃんがわたしの首に手をまわして、しがみついていた。

「ああ、びっくりした。大ちゃん、どうしたの」

目ざまし時計を見ると、五時十五分。となりのふとんに、母さんはいなかった。洗《せん》たく物《もの》を干《ほ》しているんだろう。

「だいじょうぶだよ、大ちゃん。母さん、ベランダにいるから」

そういっても、はなれない。母さんの姿《すがた》を見ないと安心できないんだろう。

「わかった、わかった。母さんのところに行こう」

大ちゃんをだきあげると、パジャマがぬれている。おしっこがもれて目がさめたのか。

「冷たかったね、大ちゃん。着がえよう」

タンスから大ちゃんの下着と服、紙オムツを取り出すと、大ちゃんはほっとしたのか、わたしのほおに顔を押《お》しつけてにっとわらう。

「マンマ、マンマ」

七時には咲《さき》が起きてきて、母さんをさがしている。大ちゃんも咲《さき》も、起きてからねるまで、母さんからはなれないんだから。

「さあ、朝ごはんにしようか。まい、手伝って」

「はーい！」

こうして、わが家の一日がスタートする。

ごはんつぶだらけの顔の大ちゃん。さっきまで自分でスプーンをにぎっていたのに、ぽーんと放り投げてしまった。

「大ちゃん、はい、ア～ンして」

わたしがスプーンを持っていくと、わらって口を開ける。ほんと、あまえんぼうで、とても六年生には見えない。

ふわ～っ。

「まい、さっきから、あくびばっかりしてるわよ」

咲《さき》を食べさせながら、母さんがちらっとこっちを見る。

「だって、今日は大ちゃんのおかげで、一時間も早く起こされたんだからね」

「ああ、そうね。着がえ、ありがと」

「うん」

わっ！　ぷっとわらって、大ちゃんがごはんつぶを飛《と》ばす。

「もうっ、大ちゃん！」

立ち上がって、服をはらう。ぱらぱらと落ちるごはんつぶを見て、大ちゃんと咲《さき》がけらけらわらっている。床《ゆか》の上には、おかずやごはんつぶが飛《と》び散って、足の踏《ふ》み場《ば》もない。

「まい、もういいわよ。おくれるから行きなさい」

「は～い、行ってきま～す！」

ランドセルを肩《かた》にかけて、家をとび出す。

大ちゃんと一歳《さい》ちょっとの咲《さき》、このふたりのおかげで、わが家は朝からどたばただ。

角を曲がる。フェンスに巻《ま》きついた、白、むらさき、紅《あか》のアサガオが、すずしげだ。

もう陽が高い。今日も暑くなりそうだった。

大通りの赤信号で立ち止まっていると、

「ま～い！」

よっちゃんとお兄ちゃんが、うしろからかけてきた。

「おっはよう、まい！」

「おはよう、よっちゃん」

「お兄ちゃん、もういいよ。先に行って」

「じゃあ、これ」

画板《がばん》と絵の具セットを、よっちゃんにわたす。やさしいんだ。いつもよっちゃんの荷物を持ってくれる。背《せ》が高くて、足も速くて、運動会のリレーではいつも一番。よっちゃんご自慢《じまん》のお兄ちゃんだ。

「やだ～っ、まい」

えっ？　よっちゃんがくすくすわらって、わたしの髪《かみ》をひっぱる。

「ほら、これ」

よっちゃんの指についたごはんつぶ……。ああ、大ちゃんが飛《と》ばしたやつだ。

「どうしてこんなものが髪《かみ》の毛についてるのよ、あはは……」

むじゃきにわらいころげているよっちゃん。

よっちゃんには、わかんないだろうな。

ふと一年生のとき、よっちゃんとメグにいわれたことを思い出す。

「ねえ、まいにもお兄ちゃんがいるんでしょ。うちのお兄ちゃんと同い年だって、母さんがいってたけど」

よっちゃんにいわれて、どきっとした。

「……うん。でも、からだが弱いから、養護学校《ようごがっこう》に行ってる」

「ふーん、あの土手《どて》の下にある学校？」

メグが口をはさむ。

「うん」

「あそこ、アホ学校ってタケたちがいってたよ」

メグのまっすぐなひとみが、わたしにつきささる。メグはいつも直球で返す。

「あっ、ごめん……」

「ううん、いいよ」

わたしは早足で歩いた。

「ねえねえ、まい、今日の国語のテスト、すごいね。満点《まんてん》だもんね」

「まいは、国語、得意《とくい》だもんね」

よっちゃんとメグが、わたしのきげんをなおそうと話しかけてきたけど、わたしはうわの空《そら》で歩いていた。

わたしって、冷たいのかな。わたしのお兄ちゃんなのに、大ちゃんのことには、ふれられたくなかった。

くりくりっとした目に、両方つながって一本になった眉《まゆ》、そんごくうそっくりの大ちゃん――。耳はほとんど聴《き》こえず、左手の指はくっついていて、三本しかない。いつも、にこにこわらって近づいてきて、だっこをせがむ。だっこされるとほっぺをすりよせて、それはうれしそうな顔をしてしがみつく。大ちゃんはあまえじょうずな、得《とく》な性格《せいかく》だ。小さいときから大ちゃんのオムツをかえたり、ごはんを食べさせていたから、弟みたいな気がしてしまう。

ときどき、わたしはよっちゃんとこみたいに、かっこよくて、たよりになるお兄ちゃんがほしくなる。

2　たなばた交流会

どんよりした空――。

いっそのこと、雨がふれば、中止になったのに……。

体育館の四方にかざられた大きな竹。吹《ふ》きこむ風に、笹《ささ》の葉がゆれている。

わたしは全校生の中でぼんやり立っていた。

「養護学校《ようごがっこう》のみなさんがこられました。拍手《はくしゅ》でむかえましょう」

児童会長の放送に、拍手《はくしゅ》が起こる。みんな、ものめずらしそうに列のあちこちから顔を出して見ている。養護学校《ようごがっこう》の子に会うのは、今日がはじめてだから。

拍手《はくしゅ》にびっくりして、ないている子、緊張《きんちょう》して、からだをつっぱった子、ねむっている子――つぎつぎ、車イスで入場してくる。

あっ、大ちゃんだ。げらげらわらって入ってきた。

「みなさん、今日は待ちに待った、たなばた交流会です。おたがいにはじめての出会いですから、はずかしかったり、とまどうこともあるかもしれませんが……」

校長先生の高い声が、すーっと耳から消えていく。

どうして、今年になって交流がはじまったんだろう。わたしがここを卒業《そつぎょう》してから、はじまればよかったのに。おまけにわたしの四年二組は、大ちゃんのクラスと交流だなんて。

「では、たのしい交流会にしましょう。これで、わたしの話を終わります」

真《ま》っ赤《か》なスーツに、完熟《かんじゅく》トマトみたいなほっぺたの校長先生が、やっと壇《だん》上《じょう》からおりた。

「今日も長かったな、トマトの話」

「わっからないのかなあ。みんな、早く終わればいいと思ってるのにさ」

ダンプカーみたいにでっかい勢一《せいいち》と、タケみたいにひょろ長いタケシが、ひそひそ話している。ひそひそ話っていうのは、みんな聴《き》き耳《みみ》たてるからつつぬけなんだ。くすくすわらったりうなずいて、列がくずれる。委員長の航君《わたるくん》がふり向いて、しいっというポーズをしたけど、そんなことで静かになるわけがない。

「こらっ、だまって聞きなさい」

担任《たんにん》の橋本先生《はしもとせんせい》が、ちょっとひかえめに注意した。今年この学校へかわってきた若《わか》い先生。やさしいし、サッカーがうまくて、かっこいいんだ。

「養護学校《ようごがっこう》の代表、田中愛《たなかあい》さんからあいさつがあります」

児童会長が、マイクを車イスにのった女の子にわたした。

フリルのえりがついた白いブラウスに、黒いスカート、赤いリボンで髪《かみ》をひとつにたばねた、おしゃれな子だ。

「……たち、……を……しみ……した。みな、……しい……ばた……」

えっ？

女の子は頭を左右にふって、苦しそうに声をしぼりだしている。

「わたしたちは、この日をたのしみにしていました。みんなで、たのしいたなばた交流にしましょう。愛《あい》さんは、そうあいさつしました」

となりでつきそっている先生が説明した。なんだか外国語の通訳《つうやく》みたい。いちおう拍手《はくしゅ》すると、愛《あい》さんという子は、口を右へつり上げて引きつったようなわらい顔になった。

「見ろよ、あの顔」

「ああ。なにをいってるのか、さっぱりわからんかったしな」

またダンプとタケの声が聞こえる。みんなもうなずいている。わたしは愛《あい》さんから目をそらした。

「ささのは　さらさら～」

全校生の歌声が体育館にひびく。

「それでは、劇《げき》にうつります」

児童会の人やなん人かが舞台《ぶたい》に上がって、「おりひめとひこぼし」を演《えん》じる。

赤いビニール袋《ぶくろ》でつくったドレスのおりひめはすてきだったけど、黒いビニール袋《ぶくろ》にからだをつつんだ牛役の人は、汗《あせ》だくでかわいそうだった。天の川の映像《えいぞう》をバックに、おりひめとひこぼしがかけよっていく場面は、ロマンチックだった。ときどき、養護学校《ようごがっこう》の子のなき声や、大きな声が聞こえていたけど。

つづいて、養護学校《ようごがっこう》の子たちの出番。舞台下《ぶたいした》に、ずらりと車イスがならぶ。

「今日は、小学部二十二名全員でやってきました。ぼくたちの大すきな歌をうたいますので、聞いてください」

ギターをかかえた男の先生が、大きな声でいった。

「手をつないでごらんよ　ふしぎな力が♪」

車イスのうしろで先生たちが歌に合わせて、子どもの腕《うで》をあげたり、前に出しておどりながら歌っている。自分でふりをつけておどっているのは、二人くらい。ほかの子は横を向いたりうつむいたり、ぽかんと口をあけてねむったりしている。大ちゃんも、あっちを向いたりこっちを向いたり、落ち着きがない。

おおぜいの前に出ると、いつもそうだ。

ギターの先生の声は大きくて、よく聞こえた。パチパチパチ……、拍手《はくしゅ》が起こった。

「ふん、歌ってるのは先生だけじゃないか」

「いいな。ねていても拍手《はくしゅ》してもらえてさ」

またあのふたりがいいたいことをいっている。

「では、養護学校《ようごがっこう》のみなさんは、交流するクラスの列に入ってください」

児童会長の放送で、各クラスに分かれて行く。二組には、あいさつした愛《あい》さんと大ちゃんがやってきた。

大ちゃんは、車イスのゆるいベルトからぬけて立ち上がろうとし、今にも落っこちそうだった。長い時間すわっているのは苦手《にがて》だから。

ああ……、担任《たんにん》の女の先生がベルトをはずして大ちゃんをおろした。みんながならんでいる中へ、自由になった大ちゃんがふらふらと歩いてくる。

「まいの兄きだ。六年生だぞ」

同じ地区のダンプが指さした。

「えっ、これで六年か。ちっこ〜い」

よりによってダンプとタケの顔をのぞいて、にっとわらっている大ちゃん。

「まいのお兄ちゃん？」

「えっ、どこどこ」

女の子たちもよってくる。

「ほんとうに、六年生？」

航君《わたるくん》も、信《しん》じられない顔をしている。

わたしは真《ま》っ赤《か》になっていた。

「あれっ、指がない……」

だれかの声が聞こえた。大ちゃん、あの左手を高くかざしてながめている。

大ちゃん、おとなしくすわっていてよ！

わたしは、この場からにげ出したくなった。その後の、養護学校《ようごがっこう》の子とのカード交換《こうかん》やゲームのことはおぼえていない。


「ねえ、まい、今日どうだった」

ほうら、きた。わたしが帰ってから口をきかないので、母さんのほうから聞いてきた。

大ちゃんは、洗《せん》たく物《もの》をふんづけて歩きまわっている。

「大が、小学校へ行ったでしょ。どうだったの？」

ああ、また思い出してしまった。ダンプやタケのにやにやした顔。女の子たちも大ちゃんをじろじろ見ていたし、航君《わたるくん》にもわかってしまった。教室にもどっても、だれもわたしに話しかけてこなかった。メグやよっちゃんも、よそよそしかった気がする。

「もう、大ちゃんのおかげで、わたし、めちゃくちゃはずかしかった！」

はきすてるようにいってしまった。

「まい！」

母さんの目がけわしい。

「そんないい方、まいらしくないよ」

わたしを見すえている。

もう、たくさん。

「宿題があるの」

わたしは立ち上がって、自分の部屋へ飛《と》びこんだ。母さんがふすまを開けた。

「だれかに、なにかいわれたの」

「ううん、べつに」

「大が、なにかしたの」

「ううん、なんにも」

そう、大ちゃんはなんにもしてない。ただ、わらってふらふら歩きまわっていただけ。

「まい……」

「べつになんでもないよ。わたし、ちょっと、つかれたから」

「そう。じゃあ、今日は早くねなさい」

母さんはわたしの頭をなでて出ていった。

ごめんね、母さんが心配していること、わかってるんだ。でも、こんな気持ち、いえないよ。大ちゃんはなんにも悪くない。だけど、大ちゃんのせいで、こんないやな目にあうんだ……。

もう、明日から学校へ行きたくない。みんなに顔をあわせたくない……。

3　もう、いやだ！

つぎの日、よっちゃんやメグと時間をずらして登校した。

教室に入ろうとすると、中でいいあらそっている声が聞こえる。メグとよっちゃん、ダンプとタケがにらみあっていた。

あっ！

教室に一歩入って、からだがぶるっとふるえた。

黒板の真ん中《まなか》にかかれた、大きなサルの顔――。眉《まゆ》がつながっている。

大ちゃんの顔!?

「こんな落書き、いんけんよ！　ダンプでしょ」

メグがどなった。

「ダンプがこれをかいたっていう証拠《しょうこ》がどこにあるんだよ。だいたい、おまえ、生意気《なまいき》なんだ。女のくせに」

タケがメグにつっかかる。

「女のくせにって、なによ！」

よっちゃんがいい返す。ダンプはだまって見ている。

「もう、よせよ」

航君《わたるくん》が黒板を消した。

わたしは教室を飛《と》びだしていた。

もう、いやだ、いやだ、いやだ！

ろうかでだれかにぶつかった。

「どうした、まい」

橋本先生《はしもとせんせい》だ。

「先生……」

わたし、今、いやな顔してる。はずかしくて、先生に見せられない。

顔をかくして走る。

「まい、待ちなさい！」

先生が追いかけてきた。どうしよう……。

階段《かいだん》のところで腕《うで》をつかまれた。

「どうしたんだ、急に」

ああ、なんていえばいいのかわからない。

なみだ、こぼれるな！

ぎゅっと、くちびるをかむ。

「からだの具合いでも悪いのか」

心配そうな先生の顔に、うなずいた。

「そうか、じゃあ、保健室に行こう」

先生の手が肩《かた》にかかったとき、「まい」と、うしろから声がした。

メグとよっちゃんだ。

「まいは、体調が悪いらしいんだ。ちょっと保健室につれていってくる」

「先生、わたしたちも行きます」

メグとよっちゃんがついてきた。


「あら、どうしたの」

保健室の島田先生《しまだせんせい》がふり返った。

「すみませんが、しばらくようすをみてやってください」

「わかりました」

島田先生《しまだせんせい》はにっこりした。

「まい、気にしないで」

「ゆっくり休んだらいいよ」

メグと、よっちゃんが、やさしくいってくれる。

「熱はないからだいじょうぶだと思うけど、つかれているのかな。すこしねむるといいわ」

三人が出ていった後、カーテンを引いてもらって、わたしはベッドで横になった。

今ごろ、橋本先生《はしもとせんせい》、一部始終《いちぶしじゅう》をメグやよっちゃんから聞いているだろうな。先生、なんて思うだろう。

胸《むね》がきゅっとつまって、声をころしてないてしまった。

今日はもう先生にも、メグや、よっちゃんにも顔を見られたくない……。

しばらくして、ドアが閉《し》まる音がして、島田先生《しまだせんせい》が出ていった。わたしは、あわててベッドからとびおりた。心配させると悪いから、つくえのメモ用紙に、「家に帰ります」と書き置きして保健室を出る。

四年二組の教室から校門までは見えないから、だれも気づかないだろう。ランドセルは教室に置いたままだけど、しかたがない。

今はだれにも会いたくない、母さんや大ちゃんにも。

どこへ行こうか……。

校門を出て、足の向くままに歩く。じっとり、汗《あせ》が首のまわりにはりついている。

坂を下って、大鳥居《おおとりい》をぬける。

ラッキー！ スカートのポケットに百円玉と一〇円玉が一個《こ》ずつ入っていた。

ふっと、おばあちゃんの顔がうかぶ。そうだ、おばあちゃんのところ。あそこなら電車で二駅、百円だ。

今ごろうろうろしていたら、なんて思われるだろう。もし、だれかにたずねられたら、なんていおう……。

駅までだれにも声をかけられなかった。

プラットホームに立つと、すぐに電車がすべりこんできた。通勤《つうきん》ラッシュの時間帯をすぎて、中はすいていた。車掌《しゃしょう》さんがまわってきたけど、ちらっとこっちを見ただけで行ってしまった。

ふうっ……。

二つ目の駅でおりる。

北にまっすぐ上がって、薬局を左に曲がって、クリーニング店を通りすぎると、田んぼが広がっている。

あれだ、小川の横にある家。

「おばあちゃーん！」

いくらよんでもインターホンを押《お》しても、返事がない。おじいちゃんは仕事だけど、おばあちゃんは家にいるはずなのに。かぎがかかってないから、田んぼにでも行っているのかな。

はあっ、つかれた……。

わたしは中に入って、たたみにねころがった。開いた窓《まど》から、ここちよい風が入ってきて、うとうとしてきた。

こんなふうに、ゆっくりとからだを伸《の》ばしてねられるなんていいな。家では、大ちゃんや咲《さき》に、ねている顔の上をふんづけられるもの。

「まい、まい」

ゆり起こされる。おばあちゃんだ。

「よくねてたねえ。こんなところにまいがいるから、びっくりしたよ。よくひとりでこれたね」

「うん」

「大ちゃんや咲《さき》は元気かい」

「うん」

縁側《えんがわ》ですずみながら、スイカにかぶりつく。おばあちゃんは、目を細めて見ている。

「まい、また大きくなったんじゃないかい」

「四年生になって三センチ伸《の》びたよ。やっと真《ま》ん中《なか》よりうしろになった」

「そうかい、まいはもう四年生か。じゃあ、大ちゃんは来年は卒業《そつぎょう》かい。早いもんだね」

「うん。でも、大ちゃんが中学生になるなんて、ぴんとこないね」

「そうだねえ、まだちっちゃいからねえ」

「咲《さき》に追いこされそうだよ。咲《さき》も歩きだしたから」

「へえっ、この前、咲《さき》に会ったときは、まだつかまり立ちだったのに。子どもは成長が早いねえ」

おばあちゃんは、ひとりで何度もうなずいている。

「あれから、もう何年たつんだろうね」

おばあちゃんの目は、遠くを見つめていた。

「あれからって？」

「ああ、大ちゃんがうまれてからさ」

「大ちゃんがうまれてから？」

「そう、あのときはねえ、母さんも父さんもたいへんだったんだよ。おばあちゃんも知らなかったんだけど、あとでふたりからその話を聞いてね」

「わたし、そんな話、聞いたことないよ。ねえ、おばあちゃん、話して」

おばあちゃんは、しばらくわたしを見つめて、こくんとうなずいた。

4　おばあちゃんの長い長い話

「もう、十年あまりも前のことだよ。風が強い日だった。土手《どて》では、たこが風をうけて高く高く舞《ま》いあがり、田んぼのあぜ道では、女の子たちが羽根《はね》つきをしていた。父さんは、その日のことをはっきりおぼえていたよ」

ふうっとひと息つくと、おばあちゃんはゆっくりと話しだした。

タクシーは、くねくね曲がった道を右に左に走っていく。もう今にも赤ちゃんがうまれそうだった。父さんにつきそわれて、母さんは病院に入った。

母さんは看護師《かんごし》さんにはげまされて、お腹《なか》に力を入れる。さっきからいたみが何度もきていた。

今度こそと思ったとき、フギャーと、か弱いなき声がした。

うまれた！

母さんはほっとして、からだじゅうの力がぬけていった。

ほんのわずかな静かな時間が流れ、母さんには病室の空気がひんやりと感じられた。

「男の子ですよ」

タオルでつつまれ、ちょこんとのぞいた赤ちゃんの顔を見たのは、一瞬《いっしゅん》だった。赤ちゃんは、すぐにべつの部屋へつれていかれた。

遠くの山に、燃《も》えるような太陽がしずもうとしていた。ようやく病室のドアが開く。

「野々村《ののむら》さん、院長先生《いんちょうせんせい》からお話があります。すぐきてください」

青い顔をした看護師《かんごし》さんを見て、父さんは不吉《ふきつ》な予感《よかん》がした。

「赤ちゃんは男の子です。しかし、自分の力で呼吸《こきゅう》ができません。このままでは生命《いのち》にかかわるので、すぐ近くの大きな病院に行っていただきたいのです」

自分で呼吸《こきゅう》ができない？

わけがわからないまま、お医者さんにせかされて、父さんは車にのりこんだ。

となりには、たった今うまれたばかりの赤《あか》ん坊《ぼう》が、保育器《ほいくき》に入ったままのせられている。おそるおそる、のぞいてみる。

からだじゅうにチューブをつけた、青白い顔のくしゃくしゃの赤ちゃん……。

はあはあ、小さなからだをふるわせて、いっしょうけんめい息をしている。

小さな頭、太くて一本のようにつながった眉《まゆ》。

い、い、い、そんごくうだ！

父さんは、そう思った。赤ちゃんは、雲から雲へとびうつる、やんちゃで元気なそんごくうそっくりだった。

だいじょうぶ、きっとだいじょうぶだ。

父さんは、そう信《しん》じた。

十分ほどでK市民病院《ケイしみんびょういん》に着いて、赤ちゃんはそのまま集中治療室《しゅうちゅうちりょうしつ》に運ばれた。

ずいぶん時間がたってから、太って、メガネをかけた川島《かわしま》という医師《いし》によばれた。

「やれるだけのことはしました。どうぞ、赤ちゃんに会ってください」

そういわれて、父さんはもう一度保育器《ほいくき》に入った赤ちゃんを見た。

指が、くっついている！

左手の指が三本――親指と、そこにくっついた人さし指と小指がついているだけだった。

「身長三七センチ、体重一四五〇グラムの極小未熟児《ごくしょうみじゅくじ》です。今、あの保育器《ほいくき》の中で、いっしょうけんめい生きようとがんばっていますよ。ただ……」

医師《いし》の顔がくもった。

「お子さんは現代《げんだい》の医学《いがく》でもまだよくわかっていない、むずかしい病気です。二万分の一の確率《かくりつ》で出生し、いろんな障害《しょうがい》を合わせもっています。みんなよくにた顔立ちで、眉《まゆ》が濃《こ》くて、一本につながっています。お子さんの場合もそうで、手足が短く、手の指に奇形《きけい》が見られます。また、重い知的障害《ちてきしょうがい》があって……」

たんたんと話す川島医師《かわしまいし》のことばは、もう父さんの耳には入らなかった。

暗やみの窓《まど》にうつった、やつれた顔……。

ろうかに出て自分の顔を見て、父さんはぎょっとした。それは、二十歳《はたち》を前にした若者《わかもの》の顔ではなかった。

凍《こお》りつくような夜空に、星がまたたいている。おもいっきり空気を吸《す》いこむと、冷気《れいき》がからだじゅうをかけめぐり、目ざめさせてくれた。

こんなことで、へこたれてどうする。洋子はなんにも知らないんだ。洋子が落ち着くまで、あの子の病気のことはだまっておこう。

父さんは、そう決めた。

ふつうの半分くらいの小さな赤《あか》ん坊《ぼう》。だからこそ、名前くらいはでっかくしてやりたい。こうして、父さんは「大」という名前をつけた。これが十一年前の一月三日、大ちゃんが誕生《たんじょう》した日のことだよ。

母さんは、毎日おっぱいをしぼって病院へとどけてもらうだけで、赤ちゃんの顔も見られず、それはさびしい思いをしていた。いくら父さんに赤ちゃんのことをたずねても、「未熟児《みじゅくじ》だから、まだ帰れないんだ」というばかり。でも、父さんもお医者さんも看護師《かんごし》さんも、みんななにかをかくしているように思えた。ただ、「一か月したら会えるから」という父さんのことばだけがたよりだった。

ようやくひと月たった面会の前の晩《ばん》、父さんは母さんに大ちゃんの病気のことを話した。

母さんは意外に落ち着いていたので、父さんはほっとした。こんなに会えないのはもしかして、なにか重い病気ではないかと、母さんはかくごをしていたんだ。でも、たとえどんな子どもでも、天からさずかった子だからだいじに育てようと心にちかっていたんだよ。

「あの保育器《ほいくき》に入っているのが、大だ」

父さんが指さしたのは、やせ細った、小さな小さな赤ちゃん。からだのあちこちにたくさんのチューブをつけて、いたいたしそうだった。たしかに左手の指がそろっていない。まだ、自分で呼吸《こきゅう》もできないし。

ほかの赤ちゃんはぷくぷく太って、ばたばたと手足を動かしているのに……。

大、元気にうんでやれなくて、ごめんね。

母さんのひとみから、ぽろっとなみだがこぼれ落ちた。

母さんは、毎日大ちゃんにお乳《ちち》を飲ませるために病院に通った。バス停《てい》まで自転車をこいで、バスで駅まで行く。駅から電車にのって二つ目でおりて、そこから歩いて病院へ。一時間ほどかかる道のりだけれど、雨の日も風の日も、大ちゃんに会えると思えば、なんのその。けれど、大ちゃんはもともと吸《す》う力が弱いうえに、上《うわ》くちびるがわれているので、なかなかお乳《ちち》が飲めなかった。それでも、大ちゃんはなんとかおっぱいを吸《す》おうと、いっしょうけんめい口を動かしていた。ふっと大ちゃんを見ると、真《ま》っ青《さお》な顔。吸《す》うことに夢中《むちゅう》になりすぎて、息をすることをわすれていたんだ。母さんは心を鬼《おに》にして、大ちゃんの足のうらをぱちんぱちんと指ではじいた。いたみに、大ちゃんはなきだして呼吸《こきゅう》をはじめた。

「赤ちゃん、どう？」

大ちゃんがうまれてから連絡《れんらく》がないので、おばあちゃんが心配して電話してみた。

「ちょっと小さくてまだ保育器《ほいくき》に入ってるけど、だいじょうぶです」

父さんはそういっていた。大ちゃんが重い障害《しょうがい》をもってうまれたことは、そのときいえなかったんだ。知り合いや友だちからもお祝いの電話があったけれど、見舞《みま》いはことわっていた。みんなとはちがう大ちゃんを人目にさらしたくない、父さんも母さんもそう思っていたんだ。

桜《さくら》の花が満開《まんかい》になったころ、ようやく大ちゃんは退院《たいいん》した。

「なにかあったら、すぐ連絡《れんらく》するんだよ」

「無理《むり》しないでね」

川島医師《かわしまいし》や看護師《かんごし》さんたちのあたたかいことばがうれしかった。

母さんは飲みやすいように、大ちゃんのくちびるを指ではさむ。母子で、いっしょうけんめい、おっぱいと格闘《かくとう》する。吸《す》いはじめて一時間、大ちゃんはちょっぴりしか吸《す》っていないのに、目を開けない。つぎの日も、そのつぎの日も同じだった。おっぱいは赤ちゃんに吸《す》ってもらわないと、ぱんぱんに張《は》っていたみだす。母さんは、せっせとお乳《ちち》をしぼってはすてた。

ひと月すると、ようやく一日に牛乳《ぎゅうにゅう》びん一本分くらいが飲めるようになった。ところが、ひとなきすると、いっきに逆流《ぎゃくりゅう》してお乳《ちち》を全部はき出してしまう。せっかくなん時間もかけて飲ませたのに……。大なきしている大ちゃんのとなりで、おもわず母さんもないてしまった。一日中、頭の中は大ちゃんのことでいっぱいだった。

「おい、おい、起きろよ」

深夜の二時、父さんが母さんをゆり起こす。

「大の世話でつかれているのはわかるけど、おれだってつかれているんだぞ」

「だって、あなたはずっと家にいないじゃない。この子といたら、どれだけつかれるか、わかってないのよ」

「もう、いいいっ！」

なにも食べずに荒々《あらあら》しくドアを閉《し》めて、父さんは出ていった。父さんも母さんも今の生活につかれきっていた。

ある日、川島医師《かわしまいし》の紹介《しょうかい》をうけて、親子三人で県立の子ども病院へ行くことになった。専門的《せんもんてき》にみてもらって、大ちゃんのこれからのことを相談するためだ。

診察台《しんさつだい》にねかされた、がりがりの大ちゃん。いろんな検査《けんさ》があって長い時間待たされた結果、やっぱり同じ病名を告《つ》げられた。診察室《しんさつしつ》を出ようとしたときだった。

「ああ、お父さん、お母さん」

医師《いし》がよびとめた。

「いつ亡《な》くなっても悔《く》いのないように、赤ちゃんを育ててあげてくださいよ」

母さんの顔から、すーっと血《ち》の気《け》がひいていく。

「大、死んじゃうの……」

ぽろぽろとなみだがこぼれ落ちる。父さんはだまってハンドルをにぎっている。大ちゃんは、母さんの腕《うで》の中で安心してねむっていた。

「大は、うまれたときから、もうたすからないかもしれないっていわれてたんだ。だけど、こうやって今も生きてるじゃないか」

「うん、うん……」

母さんは、なきながらうなずいた。

父さんは母さんをはげましながらも、日に日にやせていく大ちゃんを見て、もしかしてほんとうにあとわずかの生命《いのち》ではないかと、不安にかられていた。ともかく、大のためにできるだけのことをしてやろう。せっかくこの世にうまれてきたんだから。元気に泳ぐ鯉《こい》のぼりを見上げながら、父さんはそう思った。

父さんからの連絡《れんらく》に、おばあちゃんはおじいちゃんとかけつけた。

「どうして今までだまっていたの」

父さんの両親もきていた。

「ごめんなさい、心配かけたくなくて……」

母さんが頭をさげた。

高校のときからつきあいはじめた、父さんと母さん。若《わか》い二人は、結婚《けっこん》を考えるようになっていた。

「かならず、幸せな家庭をきずきます」

ふたりの真剣《しんけん》なまなざしに、だれも反対することはできなかった。

父さんはうまれてくる子どものためにと、真夜中《まよなか》からトラックの運転手としていっしょうけんめい働いた。おばあちゃんたちは、無事《ぶじ》に赤ちゃんがうまれてくることを祈っていた。だから、父さんから大ちゃんの病気のことを聞いたときはおどろいたよ。

「いったい、どうしてこんなことになったんだろうねえ」

おばあちゃんたちは、ただなくばかりだった。

しばらくして、母さんは障害《しょうがい》をもった子どもたちに訓練《くんれん》をする施設《しせつ》に、大ちゃんをつれて行ってみることにした。早いうちに訓練《くんれん》をうけて脳《のう》に刺激《しげき》をあたえ、すこしでも正しい動きをからだにおぼえさせたかった。

まだうまれて六か月の大ちゃんを背負《せお》って自転車をこぎ、バスと電車をのりついで一時間あまり。池のとなりにある白い一階建ての建物、それが「さくら療育園《りょういくえん》」だった。

「はじめまして、大ちゃん。浅野《あさの》っていうんだ、よろしくね」

若《わか》い訓練士《くんれんし》さんが大ちゃんをだきあげたとたん、大ちゃんはカニみたいに真《ま》っ赤《か》な顔になって、どばっとお乳《ちち》をはき出してしまった。大ちゃんも先生も、全身ぐちゃぐちゃ。

「やられたあ、大ちゃん」

浅野先生《あさのせんせい》は苦《にが》わらい。初日は、訓練《くんれん》どころではなかった。

この療育園《りょういくえん》には、大ちゃんのほかにたくさんの障害《しょうがい》をもった子どもや母親たちがやってきた。

「うちは、脳性《のうせい》マヒなの。野々村《ののむら》さんの子は、どんな障害《しょうがい》なの?」

母親たちが気がるに声をかけてくれる。苦労しているのはわたしだけじゃないんだと、母さんは思った。

大ちゃんをだいて散歩していると、道で会う人は顔をそむける。アパートの人も、ちらっとこちらを見ては、ひそひそと話している。近づくとあわてて口を閉《と》じるところをみると、大ちゃんのかげ口をいっているようだった。

「おっはようございます」

母さんは、わざとその人たちの横を大きな声であいさつして通った。

「こんな子がうまれて、洋子がかわいそう」

おばあちゃんがつい、口をすべらしたとき、母さんの顔がかわった。

「おねがいだから、かわいそうだと思わないで。わたしも大も、ちっともかわいそうじゃないのよ。ただちょっと、みんなより時間がかかるだけよ」

母さんはおばあちゃんにそういった。大ちゃんは、いっしょうけんめいお乳《ちち》を飲んで、訓練《くんれん》をうけ、力いっぱい生きていた。母さんは、これからは現実《げんじつ》からにげないで、前を向いて大ちゃんと生きていこうと決めたんだ。

着物姿《きものすがた》の母さんに、紺《こん》のスーツ姿《すがた》の父さん。

成人式の日——、式場は二十歳《さい》の熱気でむんむんしていた。父さんはてれくさいのか、べつの席《せき》に行ってしまった。

市長さんのお祝いのことばがはじまった。小さな赤《あか》ん坊《ぼう》は、母さんの胸《むね》ですやすやとねむっている。

パチパチパチパチ……。大きな拍手《はくしゅ》で目をさまし、ちっちゃな声でなきはじめた。

「よしよし、だいじょうぶよ」

母さんがだきあげてやさしくほおずりすると、ごきげんがなおった。カールした長いまつげがぬれている。

式場から出たロビーで、三人の女性が母さんをとりまいている。明子さん、まちさん、美紀《みき》さんの三人は、母さんの高校時代からの友だちだ。大ちゃんはかわるがわる三人にだっこされて、きょとんとした顔。母さんは、目を細めて見ている。

「この子ね、障害《しょうがい》をもっているの」

母さんは大ちゃんを膝《ひざ》において、話しはじめた。大ちゃんがうまれた日のこと、障害《しょうがい》を知ったときのこと、入院から退院《たいいん》までのことを。

いつのまにか大ちゃんは、すーすー、ね息をたてていた。一歳《さい》といっても大ちゃんは、声を出すことも立つこともできない。でも、母さんには、大ちゃんがここにいてくれるだけでよかった。

明子さんもまちさんも美紀《みき》さんも、なみだぐんでいた。

「ねえ、わたしたちにできることがあったら、なんでもいって」

「もうかくしごとはだめだよ。こまったときは四人でたすけあおうよ」

母さんは、明子さん、まちさん、美紀《みき》さんと指切りした。

その日から一年ちょっと、母さんは大きなお腹《なか》をかかえて、車いすを押《お》して療育園《りょういくえん》に通っていた。まいがお腹《なか》にいたんだよ。バスや電車をのりついで園まで行くのはたいへんだったけど、母さんは一日でも多く、大ちゃんのために園に行きたかった。だって療育園《りょういくえん》へ通いだしてから、ないてばかりの大ちゃんが、なかなくなったんだから。

予定日が近くなって、母さんは大ちゃんと、この実家にやってきた。

「大、おまえ、名前みたいにもっと大きくなれよ」

おじいちゃんは大ちゃんを高い高いして、よくあそんでくれた。大ちゃんが髪《かみ》の毛をひっぱっても、顔をぺちぺちたたいても、おじいちゃんはおこらない。それどころか、母さんが子どものときにはしたこともなかったのに、孫《まご》の大ちゃんのオムツはよろこんで交換《こうかん》してくれる。大ちゃんは、目の中に入れてもいたくないようなかわいがりようだった。大ちゃんのあのわらい顔を見ると、だっこせずにいられなくなるんだよ。大ちゃんも、一番かわいがってくれるおじいちゃんが大すきだった。

桜《さくら》の花が風に舞《ま》いはじめたころ、まいがうまれた。まいはピンクのほっぺをした、母さんそっくりのかわいい女の子だった。お兄ちゃんになった大ちゃんは、ねむっているまいをのぞきこんではにっこりしていた。自分の妹だとわかったんだろうか。

ひと月後、家へもどった母さんには、前よりもいっそういそがしい毎日が待っていた。大ちゃんをおんぶして、まいをベビーカーにのせて療育園《りょういくえん》に通っていたが、ある日、母さんは園長先生によばれた。

「野々村《ののむら》さん、園は、障害《しょうがい》をもった子どもしか入れないのですよ」

まいのように健康な赤ちゃんは、ここへつれてきてはいけないことになっていたんだ。

つぎの日から、母さんの保育園さがしがはじまった。けれど、年度とちゅうだったし、うまれたばかりの手のかかる赤ちゃんは、どこの保育園でもことわられた。もうどこへあずけるあてもなく、母さんは重い足どりで療育園《りょういくえん》を出

て、駅へ向かっていた。背中《せなか》でむずかる大ちゃんをあやそうとふり向いたとき、小さなはり紙が目にとまった。

あかちゃんからあずかります。
のびのび元気に育てます!

たから保育園

園児募集《えんじぼしゅう》のはり紙だった。この保育園なら、療育園《りょういくえん》へ行くとちゅうであずけられる。母さんは、わらにもすがる思いで保育園にとびこんだ。

園長先生は、白髪《はくはつ》のおだやかな方だった。

「残念《ざんねん》ながら、もう募集《ぼしゅう》はしめ切っているんですよ」

そのひとことに、母さんはがっくり肩《かた》を落とした。このふたりをつれて、これからどうしようかと、深いため息をついたときだった。

「園としてはしめ切っていますが、わたしが個人的《こじんてき》に、まいちゃんをみましょう」

園長先生は、やさしくほほえんでいわれた。

「あ、ありがとうございます、ありがとうございます」

母さんは何度も何度も頭をさげて、園を出た。園長先生は、この若《わか》い母親とふたりの赤《あか》ん坊《ぼう》を放っておくことはできなかったんだよ。

つぎの日、母さんは、まいのためにしぼったお乳《ちち》や、ふたりのオムツ、着がえを入れた大きな袋《ふくろ》を片方ずつ肩《かた》にかけ、背中《せなか》に大ちゃん、ベビーカーにまいをのせた。荷物と子どもにうまった母さんを見て、すれちがった人はみんなふりかえっていた。でも、母さんの足どりはかるかった。園に着いても、まいはまだすやすやねむっていた。背中《せなか》の大ちゃんも、くーくーといびきをかいている。

「たいへんなのはしばらくですからね。子どもは、あっというまに大きくなるんですから」

園長先生はいつも母さんをはげましてくれた。

母さんは、午前中はさくら療育園《りょういくえん》で、大ちゃんといっしょにおすわりや、はいはいの訓練《くんれん》をしたり、トランポリンやシーツブランコであそぶ。そして午後、たから保育園によって、まいをつれて帰った。母さんは、毎日ふたつの園をかけまわった。

ある日の帰りのこと、向かいの座席《ざせき》にすわったおばさんたちが、こっちをちらちらとのぞき見ていた。「気持ち悪い……」と、ささやきが聞こえた。大ちゃんがしゃぶっている指を見てそういったんだ。母さんは大ちゃんをだきあげて、まっすぐおばさんたちを見た。すると、あわてて席《せき》を立ってどこかへ行ってしまった。なにをいわれても気にしないようにしていたのに、やっぱりこたえた。電車からおりたものの、ふたりをだきかかえ、母さんはプラットホームに立ちつくしていた。

そのとき、

「どうしたんだい、今日は元気がないみたいだな」

年配《ねんぱい》の駅員さんが、母さんに声をかけた。

「若《わか》いのに、毎日毎日ふたりの赤《あか》ん坊《ぼう》をかかえてがんばっているねえ」

駅員さんは大ちゃんをだいて、荷物を持って改札口までつきそってくれた。

ああ、みんながみんな、冷《つめ》たい目で大ちゃんを見ていたわけじゃなかったんだ。こんなにあったかい目で見てくれる人もいたんだ。母さんは、また力がわいてきた。

まいは、日に日に大きくなって、いつのまにか体重も身長も大ちゃんを追いこし、園長先生や保育士さんたちにかわいがられて、すっかりたから保育園の子どもになっていた。

季節はひとまわりして、また春がおとずれた。まいは、アパートの近くの保育園に入ることになった。最後の日、大ちゃんの訓練《くんれん》を終えて保育園にむかえにいくと、園長先生はまいをだいて花壇《かだん》の前にすわっていた。

「これで終わりじゃないのよ。わたしはね、いっしょうけんめい生きている人が大すきなの。そういう人を見ると、つい応援《おうえん》したくなってしまうのよ。またこまったときには、いつでもここへきてちょうだい」

母さんの手をとって、ほほえむ園長先生。

チューリップのつぼみが、風にゆれていた。

生きている間にはいろいろな人との出会いがあるけれど、この園長先生やたくさんの人に、母さんはすくわれたんだ。

大ちゃんが二歳《さい》をすぎたころ、トランポリンでとびはねていて、突然《とつぜん》、げらげら、声を出してわらいはじめた。はじめて聞いた大ちゃんの声――。母さんも浅野先生《あさのせんせい》も目がうるんでいた。この声で〝お母さん〟ってよんでくれたらどんなにうれしいか、きっといつか、そんな日がくる。母さんは、そう信《しん》じた。

けれど、からだのほうは弱くて、ちょっと鼻水《はなみず》が出たかとおもうと、真っ赤《まか》な顔になってすぐ肺炎《はいえん》になってしまう。入院になると、母さんは大ちゃんにつきっきりになり、まいはよくおばあちゃんのところへやってきたもんだよ。

このころ、またひとつショックなことがわかった。耳もとでどんな大きな音がしても、大ちゃんは知らんぷりしていた。大ちゃんの耳は、ほとんど聞こえていなかったんだ。

大ちゃんの障害《しょうがい》の重さに、母さんはおちこんでしまった。大ちゃんは補聴《ほちょう》器《き》をつけても、うっとうしくてすぐにぽいっとすててしまう。でも、耳は聴《き》こえなくても、けらけらわらって動きまわっている大ちゃんに、この子はこの子でがんばっているんだから、それでいいんじゃないかと思えるようになったんだ。

大ちゃんが六歳《さい》になったとき、父さんと母さんは、大ちゃんをどこの学校へ通わせるかまよった。けっきょく、いろんな学校を見学してみて、ハンモックであそんでもらってごきげんだった養護学校《ようごがっこう》に決めたんだよ。

おばあちゃんは、ごくっとお茶を飲みほした。

長い長い話だった。大ちゃんとわたしがうまれて、学校へ入るまでの話。

「ああ、もうお昼すぎだね。なにか、まいのすきなものつくろうか」

「おばあちゃん、わたし、帰る」

早く、母さんと大ちゃんの顔が見たくなった。

おばあちゃんに駅まで送ってもらって、電車にのる。

「まい、またおいで」

おばあちゃんは、大きなスイカをひとつ持たせてくれた。

窓《まど》からふり返ると、電車が見えなくなるまで、おばあちゃんは手をふっていた。

5　いつもと同じ毎日

母さんが門の前で立っていた。

「母さん！」

母さんの胸《むね》にとびこんだ。

「ばかねえ」

わたしの頭を、母さんはくしゃくしゃになでた。

「待ってたのよ、早くごはん食べよう」

チャーハンをつくってくれていた。きっと、おばあちゃんが電話していたんだろう。

「先生やお友だちに、心配かけちゃだめよ」

母さんはそういっただけだ。仕事から帰った父さんも、今日のことにはふれなかった。

でも、わたし、わかったよ。父さん、家では仕事につかれてねてばかりだけど、子どものこと考えてくれてたんだね。大ちゃんの小さなからだには、母さんと父さんの愛《あい》がいっぱいつまっているんだ。


「まーい」

「おっはよう！」

つぎの朝、メグとよっちゃんがさそいにきてくれた。

「きのうは、ありがと。わたしのために、ダンプやタケと、けんかしてくれて……」

「ううん、いいんだよ。あのふたりには、ふだんからいいたいことがたまってたもん。いつか、いってやろうと思ってたんだ」

メグが鼻息荒《はないきあら》くいう。

「そうよ。人のいやがることといって、たのしんでるんだもんね」

よっちゃんがあいづちをうつ。

「あれから橋本先生《はしもとせんせい》にぜーんぶ話したら、ダンプとタケを職員室《しょくいんしつ》によんでたよ。ざまあみろって感じ」

「先生、まいがいなくなったんで、まいの家まで行ったんだよ。だから、四年二組は午前中自習」

そうか、橋本先生《はしもとせんせい》がランドセルを持ってきてくれたのか。先生やクラスのみんなにも、めいわくかけちゃった。

「航君《わたるくん》も、まいのこと、心配してたよ」

メグがウインクしていった。赤くなったの、ふたりに気づかれたかな。

くつ箱《ばこ》のところで橋本先生《はしもとせんせい》が立っていた。

「先生、わたし……」

はずかしくて、先生の顔が見られない。

「もういいよ。いやな思いをさせたな。勢一《せいいち》とタケシも反省していたから、ゆるしてやってくれるか」

「はい」

「そうだ、島田先生《しまだせんせい》にあやまっておけよ。家に帰ってないって聞いて、あちこちさがしてくれたんだぞ。二組のみんなも心配して、めずらしく静かに自習していたようだしな」

橋本先生《はしもとせんせい》はわらって、ぽんと肩《かた》をたたいた。

メグとよっちゃんもつきあってくれて、保健室へあやまりに行ってから教室に入った。

ダンプとタケは、ちらっとこっちを見ただけで知らん顔している。

「あのふたり、あやまりにもこないよ」

「橋本先生《はしもとせんせい》にいってやろう」

また火がつきそうなメグと、よっちゃんをとめた。無理《むり》にあやまらせたって、本人が悪いと思わなければ意味がない。もっとも、あのふたりがわたしにあやまるはずがない。いや、わたしにじゃない。大ちゃんに、あやまらなくちゃいけないんだ。でも、今そのことをいう勇気《ゆうき》がない。わたし、弱虫だ。母さんみたいに強くない……。

お昼休み、航君《わたるくん》がおもいつめたような顔で、わたしの席《せき》にきた。

「あの、まいさん、ごめん……」

「えっ？」

「い、いや、あの、教室であんなことになって、ぼく……」

「ううん。委員長の責任じゃないんだから」

航君《わたるくん》が声をかけてくれただけで、うれしかった。

また、いつもと同じ毎日にもどった。ダンプやタケとは、もともと口をきくことはなかったし、これからだってそうだろう。もういいや。わたしにはメグや、よっちゃん、それに橋本先生《はしもとせんせい》や航君《わたるくん》がいるもの。

湯気《ゆげ》の中で、大ちゃんが息をこらして見つめている。

「さあ、つぎは大ちゃんの番よ」

母さんが両手でタオルをふくらませながらお湯《ゆ》につけると、ぷっくら大きなお山ができた。咲《さき》がぱっとつかむと、お山はへなへなとくずれていった。

「めっ、咲《さき》。あ〜あ、大ちゃんのだったのに」

母さんにいわれても、咲《さき》はくすくすわらっている。大ちゃんはすねて横を向いてしまった。

咲《さき》は、大ちゃんの手ごわいライバルだ。身長も体重も、もうすこしで追いこされそう。

「母さん、いじけちゃったよ、大ちゃん」

「めげない、めげない。ほら、今度こそ大ちゃんのよ」

母さんは、またおっきなお山をつくった。咲《さき》が手を出そうとしたとき、ぱっとふりかえって大ちゃんがお山をつかんだ。プシューとつぶれる。してやったりという顔で、わらっている大ちゃん。今度は咲《さき》がくしゅん、くしゅんとなきそうになっている。

このおふろの時間が大すき。あったかーい湯ぶねに四人でぎゅうぎゅうつかっていると、どんないやなことがあっても、明日はまたがんばろうっていう気持ちがわいてくる。

「まい、そろそろ、たのむわ」

「うん」

わたしが一番先におふろから上がって、ささっと服を着る。

「母さん、オッケー！」

これを合図《あいず》に、大ちゃんが出てくる。

「大ちゃん、こっちこっち」

ごろんとねかせて、紙オムツをあてる。

「あっ、ちょっと大ちゃん、じっとして」

けらけらわらって、足をばたんばたんと動かしまわる。まったく、もう……。

この間なんて、ぴっとおしっこをとばすんだから。

「まい、つぎ、いい？」

母さんの声。おっと、いそげいそげ。大ちゃんのパジャマを着せたところで、咲《さき》が上がってきた。

「はい、咲《さき》、こっちこっち」

手まねきすると、とことこ歩いてきて、ころんとバスタオルの上にねころがる。まだ咲《さき》のほうがいうことをきいてくれる。

大ちゃんが、おぼつかない足どりで近づいてきた。咲《さき》の上にでも倒《たお》れたら、また大さわぎ。大ちゃんの動きに気をつけながら、いそいで咲《さき》に服を着せる。

「はい、ご苦労さま」

母さんが出てきた。これで、やっとわたしの仕事が終わる。

「まい、今日の宿題はもうすんだの?」

「あと国語の本読みだけ。母さん、聞いて」

「いいわよ」

母さんは咲《さき》をだいてうなずいた。

となりの部屋から、いそいで教科書をとってくる。

「ちょっと長いけど、最後まで聞いてね」

音読は大すき。じまんじゃないけど、いつも先生にほめられている。

「わたしは四方を山に囲《かこ》まれた小さな集落に生まれました。……」

わたしはその情景《じょうけい》を頭にうかべながら、ゆっくりと読みはじめた。

「ひさしぶりに出会った友だちと語《かた》りあって、小学校時代を」

あれっ、母さんがいない。咲《さき》はざぶとんの上で、すやすやねむっている。

ジャーとトイレで水の流れる音がして、大ちゃんをかかえて母さんがもどってきた。

「もう終わっちゃったよ」

「ごめん、ごめん。でも、ちゃんと聞いてたから。はじめのほう、気持ちをこめてじょうずに読んでたわよ」

はじめのほうね。いつも母さんははじめのほうしか聞いてないんだ。たいてい、とちゅうで大ちゃんか咲《さき》がなにかしでかして、その後始末《あとしまつ》に走りまわっている。母さんが悪いんじゃないけど。

いつもこんなふうに、一日が終わる。

6　ごめんね、愛《あい》さん

玄関《げんかん》に見なれないくつがならんでいた。すみに車イスが折りたたんである。

「ただいま」

リビングに入って、おもわず声をあげそうになった。ソファーには、あの、たなばた交流会であいさつした愛《あい》さんがすわっていた。

「お帰り、まい。お客《きゃく》さんよ。大ちゃんと同じクラスの人」

膝《ひざ》に大ちゃんと咲《さき》をだいて、母さんが紹介《しょうかい》する。

「こんにちは、まいちゃん。愛《あい》は五年生なのよ。女の子どうし、なかよくしてやってね」

すらりとした茶髪《ちゃぱつ》のおばさんが、あいそよくわらっていう。そのとなりで、愛《あい》さんが首をこくんと曲げる。

「こちらこそ、よろしくおねがいします」

わたしはていねいにおじぎした。そのとたん、さかさになったランドセルの重みで、そのまま頭からつんのめった。

「まあまあ」

母さんとおばさんがげらげらわらう。失礼しちゃう。

「だい……ぶ」

愛《あい》さんが両腕《りょううで》ではって、、、、きて、わたしの顔をのぞく。真剣《しんけん》な顔。

この人、本気で心配してくれている。愛《あい》さんて、やさしい人なんだ。

「ごめんね、わらっちゃって」

おばさんは頭をかいた。

「だいじょうぶよ。まいはそそっかしいんだから。さあ、愛《あい》さん、まいの部屋であそんでらっしゃい」

母さんがわらいながら、わたしを起こした。わたしのうしろから愛《あい》さんが、はってくる。

「どうぞ」

ふすまを開けると、愛《あい》さんはそっと入ってきた。

向かいあってすわったものの、なにから話そう。わたしよりひとつ上だし、愛《あい》さんのいうこと、わたしにわかるかな。

「ま、まい……、こう……どう……」

愛《あい》さんが口もとをつりあげていう。

「えっ？」

さっそくきた。わからないよう。

「あの、愛《あい》さん、もう一回いってくれる」

えんりょしながらたのむ。

顔が曲がりそうなくらい、力を入れてしゃべる愛《あい》さん。つたえようとすればするほど、力が入るみたい。愛《あい》さんにはもうしわけないけど、やっぱりわからない。

ふたりの間に、ことばがとぎれる。

気まずい時間――。

どうしよう……。

と、スーッとふすまが開いて、大ちゃんが入ってきた。けらけらわらいながら、愛《あい》さんの肩《かた》に手をかけて顔をのぞきこむ。

「ふ、ふふ……、大……」

愛《あい》さんも、大ちゃんを見てわらっている。

大ちゃん、わらいすぎて、よだれが愛《あい》さんの手にぽたぽた落ちている。

「やだ、大ちゃん」

あわててわたしのハンカチで愛《あい》さんの手をふきながら、わたしもわらってしまった。

「わた……、大……大す……」

「えっ？」

わたしの顔を見て、愛《あい》さんはポケットをさぐってえんぴつを取り出した。わたしはつくえの上のメモ用紙をわたした。愛《あい》さんはえんぴつをにぎって、ぎこちなく大きく動かす。右上がりの、はりがねを曲げたような文字だ。

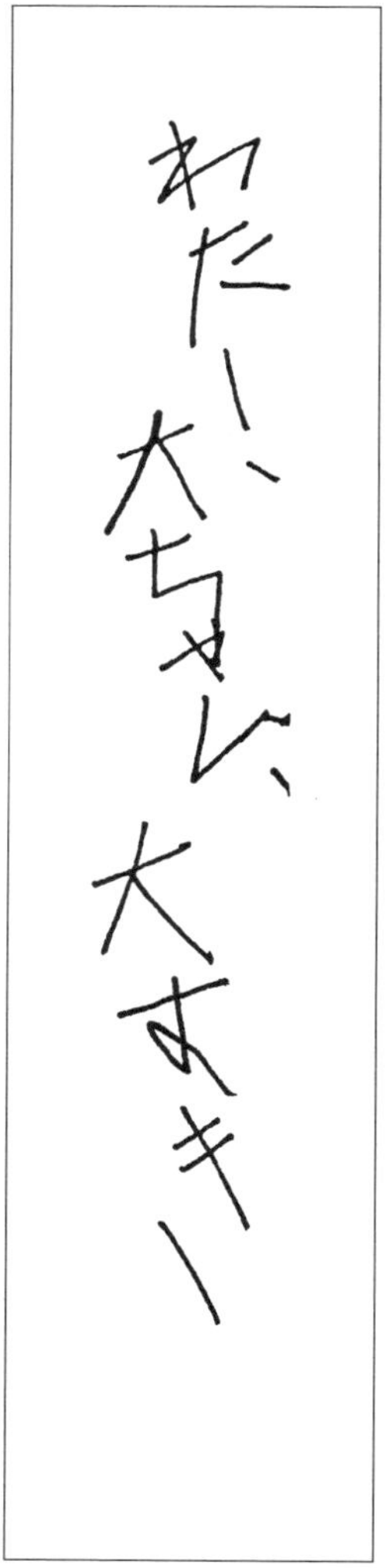

「大ちゃん、大すき？」

びっくりして、愛《あい》さんの顔を見る。

愛《あい》さんは、またえんぴつを不器用《ぶきよう》に動かす。

あったかい？

ああ、そうか。たしかに、大ちゃんがぺたっとくっついてくると、大ちゃんの体温がつたわってくる。にっとわらった大ちゃんにつられて、こっちまでわらってしまう。でも、大ちゃんのことをそんなふうにいってくれたのは、愛《あい》さんがはじめてだな。

「ま、まい……、こう……どう……」

愛《あい》さんがまた、口もとをつりあげていう。

「えっ？」

愛《あい》さんは、えんぴつをにぎった。

まいちゃん、交流どうだった

「あ、交流ね」

うーん、なんていえばいいんだろう。大ちゃんの事件《じけん》はいえないし、みんなが愛《あい》さんの話がわからないといってたこともいえないし……。

だまりこんだわたしを見て、愛《あい》さんはまた、たどたどしい文字を書きはじめた。

たのしくなかった？

わたしは、あわてて首を横にふった。

でも、顔にイエスって書いてあったみたいだ。

愛《あい》さん、目になみだをためて、わたしを見つめている。

「ちょっと、トイレに行ってくるね」

わたしはあわてて部屋を出た。


「交流なんて、やめてほしいわ」

かん高い声に、びくっとした。

「愛《あい》ね、家に帰ってからひと言《こと》も口をきかないのよ。きっと、うまくいえなかったんだわ。人前に出ると、よけい緊張《きんちょう》して声が出なくなるから。わたし、あの子が小学校の子の見せ物にされているみたいで、いやなのよ」

見せ物――？

「愛《あい》たちは、健常児《けんじょうじ》がいい子になるための教材じゃないわよ」

「その気持ちはよくわかるわ。でもね、まずはこの子たちのありのままの姿《すがた》を知ってもらうことから、はじまるんじゃないかしら」

母さんがゆっくりと話す。

「現実《げんじつ》からにげていたら、いつまでたってもこの子たちは理解されないままよ。それより、交流した子どもたちが、将来障害《しょうらいしょうがい》をもった人のための社会を考えてくれるようになれば、すばらしいじゃない」

たなばた交流会、あのとき、みんな冷《つめ》たい目で愛《あい》さんたちを見ていた。やっぱり養護学校《ようごがっこう》の子も感じてたんだ。こんなに、親も子も交流のことでなやんでいたなんて知らなかった……。

「はじめての交流だったから、みんな、なにを話していいかわからなかったみたい。でも、たのしかったっていってたよ」

そういうと、愛《あい》さんはちょっと顔をひきつらせてわらった。

ごめんね、愛《あい》さん。

ちくっと胸《むね》がいたんだ。

7　母さん！

あと十日で、夏休み！　今年は、日本海へキャンプに行くんだ。おばあちゃんちにも泊《と》まりに行くし、ああ、待ちどおしい。

目がさめると、休日なのに父さんは急な仕事が入って家にいなかった。たまの日曜日しかあそべないのにな。

ベランダで、母さんが洗《せん》たく物《もの》を干《ほ》している。母さんは深夜の二時ごろ起きて、食事やお弁当《べんとう》をつくって、父さんが仕事に出るのを見送る。その後、家の掃除《そうじ》や片づけ。夜もおそくまで起きているし、いつねてるんだろう。

スープを温めてパンを焼《や》いていると、大ちゃんが起きてきた。大ちゃんがごそごそしはじめると、咲《さき》も目をさます。

「あら、みんな、起きたの。ちょうどよかったわ、干《ほ》し終わったところで」

いつものように母さんが咲《さき》を食べさせ、わたしが大ちゃんを担当《たんとう》する。ふたりとも自分でスプーンを持って、みごとにこぼしながら食べてくれる。

大ちゃんも咲《さき》も目がはなせない。この間も、咲《さき》はベランダに、大ちゃんはドアのかぎを開けて外にいて、大さわぎになった。

お昼ごはんがすむと、ふたりはお昼ねタイム。その間に母さんは買い物へ、わたしは宿題をする。しばらくして母さんがもどると、ちょうどふたりが起きてきたので、咲《さき》を背中《せなか》に大ちゃんを車イスにのせて、三人で散歩に出ていった。

わたしはつくえに向かう。漢字《かんじ》ドリルがたまっているんだ。あのふたりがこのせまい家の中にいると、なかなか集中して勉強できない。といいながら、もうなれちゃったけど。

散歩に出て、二時間あまり。いくらなんでも、おそすぎる……。どうしたんだろう。また大ちゃんがまい子《ご》になったのかな。

わたしは、いつもの三人の散歩コースをたどって走った。

あぜ道、だ菓子屋《がしや》さん、神社の境内《けいだい》……。

いない……。

胸《むな》さわぎがする。

うん？

公園で人だかりがしている。砂場《すなば》のほうだ。かきわけて前に出る。

だれかが、倒《たお》れている。

だらりと伸《の》びた長い腕《うで》、細い指にビーズの、指輪《ゆびわ》――。

母さん！

からだがぶるぶる、ふるえる。

青白い顔、赤みのないくちびるをした母さん。

「母さん、母さーん！」

耳もとで何度よんでも、目は閉《と》じたままだ。

「あなたのお母さんなの？　今、救急車《きゅうきゅうしゃ》をよんだところよ」

買物カゴをさげたメガネのおばさんが、心配そうに立っていた。

母さんの手は、びっくりするほど冷《つめ》たくて、わたしは母さんの手を両手でつつみこんだ。

あっ、大ちゃんと咲《さき》はどこにいるんだろう。

「あ、あの……」

たずねようとしてもことばが出ない。

「もしかして、この子、あなたの妹さん？」

ふり向くと、白衣《はくい》を着た若《わか》い女の人が咲《さき》をだいている。

「咲《さき》！」

咲《さき》は、だかれたままねむっている。

「お母さんにもたれて、ないていたのよ」

「すみません。あの、もうひとり、男の子がいませんでしたか」

「いいえ、知らないわ」

「ああ、そうだ。小さい男の子がなきながら公園から歩いてきたから、まい子《ご》になったのかと思って見にきたのよ」

思い出したように、おばさんがいう。

「電話をかけたり走りまわってる間に、どっかへ行っちゃったんだわ。まあ、どうしましょ。弟さんね」

「あ、兄です。でも、幼稚園《ようちえん》の子みたいに見えるけど」

どくんどくん、心臓《しんぞう》が鳴る。大ちゃん、どこへ行ったんだろう。

もう、どうしていいかわからなかった。

「だれか、男の子を知りませんか」

おばさんが、大声でたずねてくれる。

救急車《きゅうきゅうしゃ》のサイレンが近づいてきた。

間近で止まる。三人の救急隊員《きゅうきゅうたいいん》が走ってきて、母さんを白い担架《たんか》にのせる。

あのおばさんが説明している。

母さん、母さん、早く目をさまして！

「お母さんといっしょに病院へ行くかい」

救急隊員《きゅうきゅうたいいん》の人がたずねた。

「妹さんは、この向かいの薬局であずかるわよ」

咲《さき》をだいた女の人がいってくれた。でも、大ちゃんがいないままだ。

「あ、あの、兄がいないんです。障害《しょうがい》があって、そんなに歩けないんですが。

わたし、さがさないと」

「そうか。じゃあ、警察《けいさつ》に連絡《れんらく》しておくよ。家の電話番号は？　あとで病院を知らせるから」

そういうと、隊員《たいいん》の人たちは、すばやく母さんを救急車《きゅうきゅうしゃ》にのせた。サイレンが鳴りはじめると、もう車は見えなくなった。

「ちょっと、みなさん、幼稚園児《ようちえんじ》くらいの男の子をさがしてくださいな」

おばさんが、集まった人たちにたのんでいる。

そんなに遠くへ行くはずがない。でも、もし公園から大通りへ出ていたら、車がびゅんびゅんびゅん走っている。

どうしよう、どうしよう……。

なん人かが手分けしてさがしてくれている。もう陽《ひ》はかたむきかけていた。

パトカーがきて、警察《けいさつ》の人にたずねられていると、

「おーい、いたぞ！」

公園の裏《うら》から、声があがった。

男の人にだかれた大ちゃんは、どろんこで、おでこや、ひざにすり傷《きず》があった。

工事中の溝《みぞ》に、はまっていたらしい。半分ふたがかぶせてあったので、だれ

もわからなかったようだ。

母さんが倒《たお》れて、びっくりして大ちゃんはだれかをよびに行ったんだろうか。大ちゃんのおかげで、母さんはたすかったんだ。

「大ちゃん、えらかったね」

わたしは、大ちゃんとだきあってないた。

連絡《れんらく》がついて、父さんがすぐ帰ってくれた。父さんの顔を見て、わたしは力がぬけてしまった。


母さんは、ひどい貧血《ひんけつ》と過労《かろう》で入院することになった。今まで無理《むり》を重ねていたせいだ。

「ごめんね、心配かけて。急にめまいがして、あとのことはおぼえてないのよ。でも、よかったわ、大も咲《さき》も無事《ぶじ》で」

母さんの目ざめた顔を見て、わたしはほんとうにうれしかった。だって、あのときは、母さんが死んでしまうんじゃないかと思ったんだもの。

「大、ありがと」

母さんにお礼をいわれて、大ちゃんはてれわらいをしていた。

もうキャンプをやめることなんて、どうでもよかった。母さんがたすかってくれれば。

8　大ちゃん、施設《しせつ》へ

夜、おばあちゃんとおじいちゃんが母さんの病院へよってから、家へきた。

「ここらで、ひと休みしろってことだろ。このさい、洋子もゆっくり悪いところをなおしたらいい」

おじいちゃんはそういった。大ちゃんはおじいちゃんの顔を見て、さっそく肩車《かたぐるま》をせがんでいる。

「あの、実は、おふたりにおねがいがあるんですが……」

父さんが、あらたまった口調《くちょう》でいう。

「もしかして、子どもたちのことかしら」

おばあちゃんが父さんを見た。

「はい」

「そのことなら、病院で洋子からたのまれましたよ」

「そうですか」

「ふたりあずかれたらいいんだけど、わたしも腰《こし》をいためて病院通いがあるから……。でも、ひとりならだいじょうぶよ。ねえ、おじいさん」

おじいちゃんがうなずいている。

ひとりならだいじょうぶって？

「すみません。いつも、あまえてしまって」

父さんが小さくなっていう。

「父さん、どういうこと？」

わたしは、おもわず口をはさんだ。

「うん、母さんがいなくなって、これから大と咲《さき》の世話ができないだろ。だから、おばあちゃんのところで咲《さき》をあずかってもらうんだ」

「じゃあ、大ちゃんは」

「大は……」

わたしは父さんの口もとを見た。

「大は、施設《しせつ》にあずける」

「施設《しせつ》!?」

「母さんが退院《たいいん》するまでの、ちょっとの間だ」

ちょっとって、父さんはいうけど、だれも知らないところで大ちゃんがどうなるか、よくわかっているはずだ。

あれは、一年ほど前のことだ。なにかあったときに、大ちゃんをあずかってもらえるところをさがしておいたほうがいいといわれて、母さんは「S《エス》療育《りょういく》センター」という施設《しせつ》を見つけてきた。さっそくショートステイで二泊《はく》三日《か》して、帰ってきた大ちゃんはげっそりやせていた。知らない人ばかりの中で緊《きん》張《ちょう》して、食事にも手をつけず、ないてばかりいたらしい。たいていの子はしばらくするとなれるらしいけど、大ちゃんは家とちがう場所でこわかったんだ。

「父さん、大ちゃん、施設《しせつ》はだめだよ」

「でもな、父さんは仕事だし、だれも大のめんどうをみられないんだ。大も、ちょっとしんぼうしたらなれるさ」

「だって……」

あのときの、ひきがえるみたいにやせた大ちゃんを思うと、反対だ。

「明日、午後から大を療育《りょういく》センターへつれていくことになってるんだ。まいも行くんか」

父さんにそういわれて、もう反対できなかった。

その晩《ばん》は、なかなかねむれなかった。

咲《さき》は、おばあちゃんのところだからいい。でも、大ちゃんは知らないところへ行くんだ。家族になにかあれば、大ちゃんがひとりそんな目にあう。それでいいんだろうか。

月曜日の朝、父さんが、スープと目玉焼《めだまや》きをつくっていた。こげこげだったけど、父さんにしては上出来《じょうでき》だ。

「まい、明日から自分で朝飯《あさめし》つくれるか」

「うん、調理クラブでいろいろつくったもん。夕飯《ゆうはん》だってできるよ」

「そうか、たのもしいな」

ふっと、父さんがわらった。

父さんが大ちゃんを起こして食べさせる。大ちゃんはおこげの目玉焼《めだまや》きにも文句《もんく》はいわない。ときどき、にっとわらって、わたしの顔をのぞきこむ。

「行ってきまーす！」

「ああ、行ってらっしゃい」

父さんが休みをとってわたしを見送ってくれるのは、たいてい家になにか起こったときだ。

学校が終わると、一目散《いちもくさん》に走って帰った。きのうのメガネのおばさんと薬局の女の人のところへ、父さんとお礼にまわる。

「まあ、わざわざよろしいのに」

おばさんはそういって、菓子折《かしお》りをうけとった。

薬局の女の人はわたしをじっと見て、

「あなた、やさしい妹さんね。これからも、お兄ちゃんをだいじにしてあげてね」といった。

わたし、ちっともやさしくなんかない。お兄ちゃんのこと、放ってしまうんだもの。胸《むね》の奥《おく》が、ずきっとした。

車が大すきな大ちゃんは、うしろの座席《ざせき》でねころがってあおむきになったりうつぶせになって、ひとりよろこんでいる。

突然《とつぜん》、えへへっと座席《ざせき》から顔をのぞかせて、父さんとわたしにわらいかける。

大ちゃん、今からどこへ行くかわかってるの？

大ちゃんのうれしそうな顔を見ると、よけいにつらくなる。

一時間で、S療育《エスりょういく》センターに到着《とうちゃく》。ここは病院と併設《へいせつ》で、ずらっと病室がならんでいる。大ちゃんは落ち着かず、きょろきょろしていた。部屋の中にはベビーベッドよりすこし大き目のベッドがならべてあり、柵《さく》がしてあった。

「こんにちは、大ちゃん。今日からここで、がんばりましょうね」

若《わか》い指導員《しどういん》の方があいさつにこられた。大ちゃんは、急にわたしの膝《ひざ》の上にのってきた。

「さあ、大ちゃん、いらっしゃい」

手をさしのべられても、動かない。いつもなら、こんなやさしそうなお姉さんにはすぐだきつくのに。一年前のことを思い出したのだろうか。

「よろしくおねがいします」

父さんが大ちゃんをだきあげて、お姉さんにわたした。

大ちゃんは、お姉さんの胸《むね》の中でも不安《ふあん》そうで、こっちを見ている。

「大ちゃん、この窓《まど》から大きなお山が見えるでしょう」

お姉さんが、くるりと背《せ》を向けた。

「まい、おいで」

父さんがささやいて、わたしの手をひっぱる。大ちゃんに気づかれないように、わたしたちは足早に立ち去った。

ごめんね、大ちゃん……。

あとで、わたしたちがいないことを知ったらどんなにさびしがるだろう。

咲《さき》もおばあちゃんのところへ引き取られた。あんなにそうぞうしかった毎日が、うそのようだ。

夜明け前からトラックにのっている父さん。午前三時には、もう家にいない。

目がさめると、ひとりっていうのはやっぱりさびしい。

でも、そんなこといってられない。みんな、わかれわかれになったけど、しばらくの間、がんばらなくちゃ。

オムライスにチャーハン、スパゲッティ、コーンスープくらいならつくれる。

「まい、起きてるか。朝飯《あさめし》、食べたか」

七時に、父さんから携帯電話《けいたいでんわ》が入った。

「ちゃんと目ざまし時計で起きてるよ。今、チャーハンを食べてるとこ」

ね起きはいいほうだから、安心してよ。

「えっ、お母さん、入院《にゅういん》したの」

「じゃあ、ごはんはどうするの」

メグと、よっちゃんが心配してくれる。

「自分でつくって食べてるよ」

「えらいなあ、まいは。わたしだったら、毎朝遅刻《ちこく》だよ」

メグが感心している。

「まいは、なんでも自分でできるから、もうお嫁《よめ》さんになれるんじゃない。そういえば、航君《わたるくん》、まいのほうをときどき見てるよ」

よっちゃんが、ウインクする。

「航君《わたるくん》、まいのこと、ラヴなんだよ」

メグにいわれて赤くなってしまった。

よっちゃんとメグの家であそんでから家にもどる。父さんが帰ってくるまで、ひとり家で待つのは、わびしいもん。

日曜日、大ちゃんに面会にいく。この一週間、どうしていたんだろう。

「もうなれてきて、友だちとたのしくあそぶようになりましたよ」

受付けで若《わか》い指導員《しどういん》さんにいわれて、父さんはほっとしている。

となりに養護学校《ようごがっこう》と病院があって、朝学校へ行ったり、病院で訓練《くんれん》をうけたりして、午後にここへもどるようになっている。

部屋をのぞくと、車イスにのった大ちゃんがいた。

「大ちゃん！」

かけよると、大ちゃんはふり返ってわたしを見た。と、その大きなひとみから、ぽろぽろっとなみだがこぼれた。

えっ？

大ちゃんはなんにもいわずに、突然《とつぜん》、わたしの首に腕《うで》をまわしてだきついた。

いたいくらいに……。

さびしかったんだね、大ちゃん。

たたみの端《はし》に、ふたりの男の子が横になっていた。大ちゃんとたたみに上がって、「パンやき」のくすぐりあそびをする。

「パンを食べましょう、こちょ、こちょ、こちょ」

大ちゃん、わらわない……。いつもならくすぐると、おなかのかわがよじれるくらいわらいわらいころげているのに。

「トントントントン　ひげじいさん、トントントントン　こぶじいさん～」

大ちゃんのあご、ほお、鼻《はな》に、げんこつをくっつけていく。この「ひげじいさん」も大すきだったのに、ぷいっと横を向く大ちゃん。すっと立ち上がると、すみっこへ行ってしまった。

どうしたんだろう、大ちゃん……。

あらっ、わたしの手に、そっと小さな手がふれた。端《はし》から転《ころ》がってきて、男の子がわたしの左手をにぎっている。

「トントン　ひげ……さん」

ちょっと聞きとりにくい声で、わたしを見上げて歌う。

「して、して……」

じっとわたしを見つめている。

わたしは、その小さな男の子と「ひげじいさん」を歌ってあそんだ。男の子はくしゃくしゃの顔でわらっていた。

「これ、これ」

今度は右から幼稚園《ようちえん》くらいの男の子が、新聞紙をびりびりやぶってわたしにわたす。

「読んで！」

正面からは、一年生くらいの男の子が車イスにのって絵本を持ってきて、わたしは男の子たちにとりかこまれてしまった。

「あらあら、またやってるのね。ごめんなさい。みんな、事情《じじょう》があってここにあずけられているんですが、中には一年以上《いじょう》お家《うち》に帰れない子もいるんですよ。だから、お部屋に面会の方がこられると、みんな大よろこびでよってくるんです」

部屋に入ってきた指導員《しどういん》さんがいう。

「わたしたちも、できるだけいっしょにあそんであげたいのですが、指導員《しどういん》は二名だけで手がたりなくて」

ひと部屋に六人ほど。ずらりとならぶこの病棟《びょうとう》の子ども全部のめんどうを、指導員《しどういん》さんふたりではとてもみきれない。あとは、看護師《かんごし》さんや介助員《かいじょいん》さんに世話してもらうらしい。といっても、食事や入浴時間《にゅうよくじかん》以外《いがい》は、子どもたちだけですごすのだろう。

すみっこで、ひとり、おもちゃであそんでいる大ちゃん。ちっともこっちを向いてくれない。せっかく、会いにきたのに。

意地《いじ》になったように、新幹線《しんかんせん》のレールをはずしてこわしている。そのうしろ姿《すがた》が、かすかにふるえている。

ないているの、大ちゃん……。

ぎゅっとだきしめてあげたかった。

父さんがかかえあげても、大ちゃんはからだをよじっておりようとする。

おこってるんだ。どうして自分だけこんなところにいるのかって。ほかの男の子たちにせがまれていっしょにあそんでいたら、いつのまにか大ちゃんは窓《まど》ぎわでうつぶせになってねていた。

「大ちゃん、今日はお父さんや妹さんに会えて、安心したんじゃないかしら」

指導員《しどういん》さんが、大ちゃんに毛布《もうふ》をかけながらいった。

知らないところで、大ちゃん、ひとりこらえてるんだ。あのあまえんぼうの大ちゃんが……。

帰りの車の中で、父さんもわたしもだまりこんでいた。

「なあ、まい。今度の土曜日、一度、大をつれて帰ろうか」

ハンドルをにぎりながら、父さんがぽつっという。

そうか、やっぱり父さんも大ちゃんの気持ち、わかってたんだ。

「うん、そうしようよ」

ほっとした。

そのまま、母さんの病院へまわる。

「そう、土曜日に大ちゃん、帰ってくるの」

母さんもうれしそうだ。今回のことで、一番つらい思いをしているのは、母さんだった。

「母さんのせいで、みんなばらばらになってごめんね」

入院したときから、そればかりいっていた。

「だいじょうぶだよ、母さん。みんな、元気にやってるから。それより、家のことはわすれてのんびりしてよ。そのほうが早く病気がなおって、みんなのためになるんだからね」

「うん、そうね」

なみだぐんでいる母さん。

母さんは大ちゃんが養護学校《ようごがっこう》に入った年に、自動車学校に通って車の免許《めんきょ》をとった。わずかの時間を見つけては、すきな編《あ》み物《もの》もはじめた。このころの母さんは、生き生きしていた。

でも、咲《さき》がうまれてからは、また目がまわるようないそがしい毎日にもどった。ねる時間もけずっていたから、無理《むり》がたたったんだ。

9　帰ろう、大ちゃん

さあ、終業式！

通知簿《つうちぼ》は、得意《とくい》の国語と図工、音楽が3で、あとはアヒルがとことこ。まあ、こんなものかな。

「事故《じこ》に気をつけて、たのしい夏休みをすごすんだぞ」

この橋本先生《はしもとせんせい》の声がしばらく聞けないのはさびしい。

「まい、ちょっと」

教室を出ようとしたとき、先生によびとめられる。

「お母さん、たいへんだったたな。でも、退院《たいいん》されるまでがんばれよ」

ぽんと肩《かた》をたたかれる。

ありがとう、先生。

今日はよっちゃんもメグも、家族で食事に行くっていってた。今まで学校があったけど、これからは長～い一日になりそうだ。

ああ、降《ふ》りだした。雨の日は、このせまい家中に咲《さき》のなき声がひびいて、大ちゃんがうろうろ歩きまわって、母さんがてんてこまいして……。ふたりがじゃまばっかりして、宿題ができなくていらいらすることもあったけど、それってけっこうたのしかったんだな。

つーっと、雨つぶが窓《まど》ガラスをつたって落ちる。わたしのほおにもなみだがつたっていた。

土曜日、センターへ大ちゃんをむかえにいく。今度は大ちゃん、なかなかった。でも、やっぱりわらわない。視線《しせん》をそらす。

「大、家へ帰ろうか」

父さんが腕《うで》をのばしてだっこしようとしても、知らん顔している。

「大ちゃん、帰るんだよ」

耳もとでささやくと、きゅっとわたしにだきついた。

車にのると、ようやく顔がゆるんだ。家に帰ることがわかったみたい。


玄関《げんかん》に入るなり、ほっとしたのか、大ちゃんはねむってしまった。

お昼すぎ、おばあちゃんとおじいちゃんが咲《さき》をつれてきた。久しぶりに、家の中に灯《あか》りがともったようだった。

「だだをこねることもないんだよ。まだふたつにもならないのに、咲《さき》も子どもながらにえんりょしているのかねえ」

おばあちゃんはメガネをはずして、そっとなみだをぬぐった。今までの分とばかり、咲《さき》はわたしや父さんにおんぶやだっこをせがんで、目をさました大ちゃんと競争《きょうそう》してあまえていた。

夕飯《ゆうはん》はお寿司《すし》に、中華《ちゅうか》のオードブルの豪華版《ごうかばん》。あそびつかれて父さんの膝《ひざ》でねむっている咲《さき》を、そのままおじいちゃんの車にのせる。

咲《さき》、あとすこしのしんぼうだからね。

よく朝、大ちゃんはなかなか起きず、お昼前までねていた。お昼は、大ちゃんのすきなカレーとハンバーグ。大ちゃん、口のまわりをべたべたにしながらほおばっていた。

散歩をして、もう三時。そろそろ、センターにもどる時間だ。

「さあ、行こうか」

大ちゃんはもどるとも知らず、父さんの腕《うで》につかまってはしゃいでいる。ドライブだと思っているんだ。

土手《どて》をおりて、車は田んぼ道をまっすぐ走る。父さんもわたしも、口数が少なくなっていた。

市街《しがい》に入り、センターが近づいてくる。大ちゃんの顔が、こわばっている。急カーブで、車がキキーッと音をたてる。大ちゃんが座席《ざせき》から落ちた。あわてて大ちゃんをだきあげる。とっさに、大ちゃんがわたしの首にしがみついた。目に、いっぱいなみだをためている。

大ちゃん、行くの、いやなんだね。

「父さん、車止めて！」

おもわず、わたしはさけんだ。

「どうした、まい」

「大ちゃん、施設《しせつ》にやらないで」

「えっ？」

「大ちゃん、もう施設《しせつ》にやらないで。わたしが、大ちゃん、みるから」

「まい、なにいってんだ」

父さんはびっくりして、ブレーキをふんだ。わたしと大ちゃんは、ぎゅっとだきあっていた。

「わたし、大ちゃんのごはんつくる。夏休みの間、わたしが大ちゃんみるから。おねがい、父さん！」

「そりゃあ、たしかにまいはよく大の世話をしてくれるよ。食事やトイレやおふろのことも。けど、それは母さんがいてくれたから、できたことじゃないのか」

そういわれれば、たしかにそうだけど……。

「いいか。父さんは、夜中から仕事でいないんだぞ。そしたら、まいと大だけになるんだ。まいひとりでも心配なのに」

大ちゃんとふたりだけになったようすがうかぶ。きっと、大ちゃんは部屋中をうろうろして、目がはなせないだろうな。宿題もできないかもしれない……。

でも、でも、大ちゃんといっしょにいるほうをとりたい。そうでないと、きっと後悔《こうかい》するような気がする。

「父さん、やっぱりわたし、大ちゃんといたい」

父さんはこわい顔をしていた。

「まい、本気でいってるのか」

わたしはうなずいた。大ちゃんはいたいほど、わたしにしがみついている。

父さんはなんにもいわずに、わたしと大ちゃんをずっと見ていた。

ふっと、父さんがわらう。

「よしっ！　なんとかするか」

「うんっ！　ありがとう、父さん！」

父さんと久しぶりに話ができた。今日のこんな父さん、大すきだ。

大ちゃんも父さんとわたしの顔をかわるがわる見て、にっとわらっている。

わたしたちの話がわかったのかな。

センターで、退所《たいしょ》の手つづきをする。

「たいへんかもしれないけど、がんばってね。無理《むり》しなくても、そばにいっしょにいるだけでいいのよ。大ちゃん、あなたのこと、大すきだもの」

指導員《しどういん》さんがそういってくれた。

部屋で大ちゃんの荷物《にもつ》を片づけていると、「ひげじいさん」をした子と新聞紙であそんだ男の子が、じっとわたしを見ていた。

「こっち、おいで」

手まねきすると、よろこんではってきた。わたしは、ふたりと「ひげじいさん」をしてわかれた。

帰りに三人で、母さんの病院へ報告《ほうこく》に行く。

「まい、ほんとうにだいじょうぶなの」

「うん、平気、平気。なんとかなるよ」

「ありがとう……。まいの、思ったとおりに、すればいいわ」

母さんは、声をつまらせていった。

よーし、明日からがんばるぞ。

10　ふたりだけの夏休み

大ちゃんとふたりの夏休みがはじまった。

ジリジリジリ――、目ざまし時計でとび起きる。父さんはもういない。そおっと着がえていたら、えっ、大ちゃんも起きてきた。ラジオ体操《たいそう》がはじまってしまう。どうしよう、大ちゃんひとり家に残《のこ》しておけないし……。

ええい、しかたがない。

大ちゃんを車イスにのせて、公園へ走る。

「まい、大ちゃんもきたんだね」

メグとよっちゃんがよってきた。小さい子も集まってくる。大ちゃんは散歩には出ていたけど、子どもたちの中に入ってあそんだことがなかったから、めずらしいみたいだ。

右端《みぎはし》にいるダンプは知らん顔している。

「体操《たいそう》、はじまるわよ。ならんで、ならんで」

六年生の絵美《えみ》さんがまわってきた。

「あら、大ちゃん」

声をかけてくれる。この間の交流でおぼえてくれてたんだ。大ちゃん、いい人がきたとばかり、絵美《えみ》さんにしがみつく。

けっきょく、絵美《えみ》さんは、みんなの前で大ちゃんをだいたまま体操《たいそう》するはめになってしまった。大ちゃんにあまえられると、なぜかこばめないんだ。六年生のお母さんたちが、大ちゃんをだっこしようとしても、絵美《えみ》さんにだきついたままはなれない。絵美《えみ》さんのこと、気にいったんだ。やさしくて、きれいな人だから。大ちゃんははじめての人でも、自分をやさしくつつみこんでくれる人を知っている。

ダンプや、よっちゃんのお兄ちゃん、ほかの男の子たちが、うらやましそうに見ている。一日で、大ちゃんは町内の子どもたちの評判《ひょうばん》になってしまった。

「これからもいっしょにつれてきてあげて」

絵美《えみ》さんにそういわれて、ほっとした。

考えてみれば、大ちゃんは絵美《えみ》さんや、よっちゃんのお兄ちゃんと同じ六年生なんだ。もし病気じゃなかったら、同級生としてここにいるんだもんね。

車イスの大ちゃんは、てのひらにスタンプを押《お》してもらって、けらけらわらっている。明日からは、体操《たいそう》カードを用意してもらえることになった。

朝ごはんは、トーストとゆで卵《たまご》、ハムサラダにインスタントのコーンスープ。大ちゃん、食べるのはけっこう早いけど、いすの下にぽろぽろこぼしてくれる。洗《せん》たく機《き》をまわしている間に、食器《しょっき》を洗《あら》う。あと片づけをして洗《せん》たく物《もの》を干《ほ》すと、もう十時前だ。

「大ちゃん、ここであそんでてね」

大ちゃんのまわりに、積《つ》み木《き》やおもちゃを置いておく。

さあて、勉強、勉強！　つくえに向かう。

と、大ちゃんがにかっとわらって、イスにもたれかかってくる。

「大ちゃん、わたしね、宿題……」

いいかけて、やめた。

そうだよね、積《つ》み木《き》でひとりあそんでも、おもしろくないよね。

「じゃあ、絵本読もうか。ちょっとだけね」

『ももたろう』の絵本を持ってきて、ごろりと横になる。大ちゃんもとなりにねころんで、ページをめくってくれる。

「あるひ、おばあさんがかわでせんたくをしていると、むこうから大きなももが、どんぶらこっこ、どんぶらこっことながれてきました」

「パカンとももがわれて、中からとても元気な、かわいい男の子がとび出しました」

これ、小さいとき、母さんに何度も読んでもらった絵本だ。

「ももたろうさん、おこしにつけたものはなんですか」

「にっぽん一のきびだんごだ。いっしょにおにがしまへいくなら一つわけてやろう」

この場面になると、わたしもきびだんごがたべたくなったな。

大ちゃん、ほわ～っとあくびする。わたしも。

いつのまにか、ねていた。もう、十二時だ。二時間も朝ねをしてしまった。ラジオ体操《たいそう》で早起きしてるから、横になるとついねてしまう。あああ、大ちゃん、紙オムツがもれてる。ズボンとシャツを着がえる。

お昼は、きつねうどん。お湯《ゆ》がわいたらうどん玉を入れて引きあげ、どんぶりに入れる。べつに温めたうどんだしをかけ、三角あげ、きざみネギをのせて、はい、できあがり。大ちゃんのうどんは、のどにつめないように、小さくきざんでおく。

一時から地区水泳だけど、これは大ちゃんをつれていけないから、休む。せまい部屋の中では、大ちゃんもストレスたまるだろうな。

「大ちゃん、散歩に行こうか」

大ちゃんを車イスにのせて出発。

薬局の前を通りかかると、あの女の人が店から出てきた。

「ふたりでどこ行くの」

「公園まで、散歩に行くんです」

「そう。じゃあ、これ、あげる」

ごそごそと、なにか袋《ふくろ》につめてわたしてくれた。

公園に着いて中をのぞく。わあっ、風船《ふうせん》がいっぱい。赤い風船《ふうせん》をぷうっと、大ちゃんの顔の横でふくらませると、風船《ふうせん》にほっぺをつけてげらげらわらいだした。早くおろしてと、車イスから身をのりだす。

公園には、よちよち歩きのぼうやとお母さんがいるだけだ。ちょうど咲《さき》くらいの年かな。今ごろ、咲《さき》、どうしてるかな。

ポ～ンと風船《ふうせん》をつくと、大ちゃんが追いかける。青い空を、ふわふわとんでいく赤い風船《ふうせん》。ゆっくりゆっくり落ちてきた風船《ふうせん》を、大ちゃんがぎゅっとつかんだ。

パーン――――！

大きな音に、びっくり顔の大ちゃん。

あ～あ、ぼうやがないちゃった。

「ごめんなさい、おどろかして」

「いいのよ」

お母さんがわらって、ぼうやをだきしめている。

「これで、またあそんであげてください」

風船《ふうせん》をひとつかみわたす。

こわがりのくせして、大ちゃんは何度でも風船《ふうせん》につめをたてる。風船《ふうせん》の手ざわりが気持ちいいみたい。

公園の砂場《すなば》で、大ちゃんとお山や川をつくる。ここでこうやってあそぶの、何年ぶりかな。小学校に入る前だから、えーっと……。

じょうろで水を流しながら、ふと見ると、大ちゃんがいない。どきっ！

ああ、いたいた。ジャングルジムにのぼろうとしている。身がるだから、どんどんあがっていく。手をはなさないか、ひやひやもの。大ちゃん、高いところがすきだもんね。

一番上までのぼって、両手をのばしている大ちゃん。太陽が、大ちゃんの真《ま》上《うえ》にある。

まるで、あの太陽をつかもうとしているみたい。

「大ちゃん、しっかりつかまっててよ」

背中《せなか》におんぶして、片手でゆっくりおりる。

おりたとたん、今度はブランコのほうへよろよろ歩いていく大ちゃん。

わたしの膝《ひざ》のブランコに、ちょこんとのってゆれている。ごきげんだ。

風が、気持ちいい。

ブランコゆ～れる、お空もゆ～れる
口ずさんでいると、大ちゃんがほっぺに顔をすりつけてくる。

「ふふ、くすぐったいよ、大ちゃん」

大ちゃん、こうやってお日さまの下であそぶの、大すきだね。

あれっ？

突然《とつぜん》、ブランコはぐーんと大きな弧《こ》をえがいた。だれかが背中《せなか》を押《お》している。

「ま～い！」

この声は、メグ。

「あはは、今、プール帰りよ。まいが見えたから、そーっと走ってきたの」

「ぜんぜん、気づかなかったでしょ」

よっちゃんが得意気《とくいげ》にいう。

「うん、ぜんぜん」

「そうか。お母さんがいないから、ずっとまいが大ちゃんをみてるんだね」

メグが、やさしく押《お》しながらいう。

「うん」

「たいへんだね、まい」

よっちゃんが、同情《どうじょう》している。

「そんなこともないよ。わたしも、けっこうたのしんでるもん」

「そうだね、ひとりでブランコにのってると暗いけど、大ちゃんといるとたのしそうだよ」

「大ちゃんのおかげで、どうどうとあそべるね」

メグもよっちゃんも、くすくすわらう。

三人で、風船《ふうせん》つき。大ちゃんは空をとびあるく風船《ふうせん》を追って、三人の間をまわっていた。

家に帰ると、三時。おばあちゃんが持ってきてくれたアイスクリームを開ける。冷たくって、大ちゃんはぷるぷるっと顔をふった。

「おいしいね、大ちゃん」

大ちゃんとふたり、ぺろぺろ口のまわりをなめながら食べる。

さあて、そろそろ勉強しなくちゃ。座敷《ざしき》づくえの上にドリルを広げる。と、大ちゃんが膝《ひざ》にのってくる。

「だめだよ、大ちゃん」

いくらなんでも、わたしも一日じゅうあそんでいられない。大ちゃんを膝《ひざ》からおろす。

また、のってくる……。

大ちゃん、養護学校《ようごがっこう》から帰ったら、こうやって母さんにあまえてたんだろうな。わたしが学校からもどったら、そんなそぶりは見せなかったけど。


ピンポーン――。だれかきた。

「こんにちは」

明子さんだ。母さんの高校時代のお友だち。

「母さんが入院したって聞いてね。まいちゃん、大ちゃんとふたりで留守番《るすばん》してるんだって」

「は、はい」

「これ、今晩《こんばん》の夕飯《ゆうはん》にして。カレーとサラダよ」

プーンと、においでわかった。

「あ、ありがとうございます」

「まちと美紀《みき》とも話したんだけど、わたしたち、交代《こうたい》で晩《ばん》ごはんになにか持ってくるからね」

わっ、ありがたい。

「気にしないでいいのよ。家で多目につくって持ってくるだけだから。じゃあ、また。父さんによろしくね」

明子さんは、あわただしく帰っていった。

よかった、これで夕飯《ゆうはん》つくらなくてすむ。

それにしても、けっきょく今日一日、大ちゃんとべったりあそんでみごとに勉強できなかったたな。

まあ、いいか。すこしずつやっていこう。

早目に父さんが帰ってきた。

「そうか、それはもうしわけないな。でも、正直、たすかるなあ」

「うん」

新婚家庭《しんこんかてい》の明子さんのところは、ゲキ辛《から》カレー味だった。父さんはよろこんでたけど、大ちゃんとわたしは、なみだふきふき、お水をがぶがぶ飲んでいた。

よく朝、大ちゃん、たっぷりのおしっこでパジャマまでびしょびしょ。ラジオ体操《たいそう》は間にあわなかった。残念《ざんねん》でした、大ちゃん。

宿題は、なかなかはかどらない。やっぱり一日大ちゃんといっしょにいると、時間がない。大ちゃんのお昼ねのときには、わたしもいっしょにねてしまっているし……。

お昼のそうめんを食べ終えたときだった。

「まーい、まーい！」

メグの声だ。

「ねえ、今から大ちゃんと家《うち》においでよ。よっちゃんもくるから」

「わっ、行く、行く」

車イスにのると、大ちゃんは散歩だと思ってごきげんになる。

クリーニング店を曲がったところで、自転車にのったダンプに出くわした。前カゴになにかがずっしりと入っている。ダンプはちらっと大ちゃんを見ただけで、なにもいわずに行ってしまった。

「なによね、あれ。気がぬけちゃったね」

メグがさっきからくり返している。ダンプがだまって行ってしまったんで、拍子《ひょうし》ぬけしている。あの黒板の絵の事件《じけん》以来《いらい》、口をきかないまま、夏休みに入っていた。ラジオ体操《たいそう》のとき、ダンプはちらちらこっちを見ているけど。

大ちゃんは三人が宿題をしている間、ざぶとんの上でねそべったり、おとなしくしていた。

「まいちゃん、えらいわねえ。お母さんがいなくても、ちゃんとやってるんだもの」

メグの母さんがケーキを差し入れしてくれる。大ちゃん、おばさんに食べさせてもらって、すっかり気にいったみたい。おばさんの膝《ひざ》の上で、うれしそうな顔してあまえている。

要領《ようりょう》のいい大ちゃん。君なら、どこでもたくましく生きていけるよ。

おかげで夏休みのドリルが半分できた。大ちゃんもわたしとふたりでいるよりも、たくさんの人の中にいるほうが落ち着くのかもしれない。

「また、大ちゃんといっしょにおいでよ」

メグとよっちゃんが、とちゅうまで見送ってくれる。

大ちゃん、よその家でもあんなにおりこうにしているなんて、知らなかったな。よそいきの顔をもってたんだ。

六時前に帰ると、門の前でまちさんが立っていた。

「すみません、ずっと待っててくれたんですか」

「ううん、さっききたところよ、どこへ行ってたの」

「お友だちのところです」

「そう。今晩《こんばん》のメニューは、トンカツ。揚《あ》げたてよ」

「ありがとうございます」

「なにか食べたいものがあったら、えんりょなくいってね。今日病院によってきたら、お母さん、元気そうだったわよ。まいちゃんが大ちゃんのお世話でつかれていないか、心配してたわ。でも、だいじょうぶみたいね」

まちさんは、ここから一時間近くもかかるのに、わざわざとどけてくださったんだ。

友だちっていいな。


ねぼすけの大ちゃんが、目ざまし時計が鳴ると起きるようになった。早く起きて、わたしの顔をぺちぺちたたくんだからいやになっちゃう。大ちゃんの服を着がえてから、自分の服を着る。その間、大ちゃんは玄関《げんかん》でかしこく待っている。

公園に着くと、すぐ車イスからおりて、絵美《えみ》さんのところへまっしぐら。

「おはよう、大ちゃん」

絵美《えみ》さんが大ちゃんをだきあげてくれる。ラジオ体操《たいそう》がはじまるまで、大ちゃんは絵美《えみ》さんの胸《むね》にだかれてあまえている。

でれっとした大ちゃんの顔、見てられない。何度かおばさんたちが大ちゃんをだこうとしても、いやがってからだをそらしておりようとする。

「おばさんじゃ、だめみたいね」

おばさんたちはわらっていた。そのうち、大ちゃんがみんなの間を歩きまわるようになったので、体操《たいそう》のじゃまになるから車イスにのせてベルトでしめつけていた。

でも、からだをのり出して立ち上がろうとする大ちゃんを見て、

「大ちゃんも、みんなといっしょに体操《たいそう》したいんじゃない」

と、絵美《えみ》さんが、おばさんたちにかけあってくれた。

かくして、大ちゃんは天下晴れて自由の身となった。そして、ほんとうに大ちゃんも、みんなの中に入って体操《たいそう》をはじめるようになったんだ。だれかの服

をつかんで、ううーんと背中《せなか》をそらしたり、手をつないでもらってぴょんぴょんとびはねたり――。

ふふ……、きのう、大ちゃんがダンプの足にしがみつくと、ダンプはだっこしてくれてた。

おどろいた。日に日に、大ちゃんの動きが出てくる。みんなびっくりして、「大ちゃん、すごい、すごい!」と拍手《はくしゅ》してくれる。大ちゃん、ほめてもらうの大すきだから、またまたがんばってしまう。

夏休み前までの大ちゃんは、風が吹《ふ》けば、ぽてっと倒《たお》れそうだったのに、今ではしっかり大地に足をつけている。

「ねえ、父さん。大ちゃん、体操《たいそう》、じょうずになったんだよ」

夕食のとき、父さんに報告《ほうこく》する。

「大に、体操《たいそう》なんて、できるわけないだろ」

父さんが鼻《はな》でわらうので、仕事の休みの日に無理《むり》やり起こして公園まで引っぱっていった。

大ちゃんがみんなと体操《たいそう》しているのを、父さんはだまって見ていた。体操《たいそう》が終わると、

「いやあ、ごめいわくおかけします。でも、こんなに動けるようになって……。みなさんのおかげです」

父さんは、おばさんたちに頭を下げた。

「いいえ、わたしたちはなんにもしてないんですよ」

「それがね、大ちゃんがくるようになってから、ラジオ体操《たいそう》に遅刻《ちこく》する子がなくなったんですよ」

「おしゃべりしないで体操《たいそう》するようになったしね。これからも、大ちゃんをつれてきてくださいね」

おばさんたちはそういってくれた。ぼうしの下で、父さんの目が赤くなっていた。

11　ダンプと大ちゃん

地区水泳の時間、メグの母さんが大ちゃんをあずかってくれたから、プールにも入れた。大ちゃんは父さんの休みの日に、市民プールへつれていってもらってごきげんだった。

お盆《ぼん》には、おじいちゃん、おばあちゃんのところに行く。

「まーい、とーたん、だーい」

咲《さき》はわたしたちの顔を見ると、よろこんでかけてきた。とちゅうでつまずいてすてんと転《ころ》ぶと、大ちゃんが心配そうな顔でのぞきこむ。

やさしくなったね、大ちゃん。

「こっちへつれてきたころは、めそめそしてかわいそうだったけど、もうすっかりなれて、おじいちゃんにあまえてるよ」

おじいちゃんに肩車《かたぐるま》されている咲《さき》。おばあちゃんが目を細めて見ている。そこはぼくの席《せき》なのに、と大ちゃんがおじいちゃんのズボンにすがりつく。

「ああ、わかった、わかった。大も、あとでしてやるよ」

おじいちゃんはひっぱりだこだった。


八月二十日、登校日。この日も、メグの母さんが大ちゃんをみてくれた。

「クラスのお母さんたちが、まいのこと、ほめてたぞ。もうちょっとだな、がんばれよ」

「はい」

橋本先生《はしもとせんせい》に声をかけてもらってうれしかった。久しぶりに、みんなにも会えたし。

真っ黒になったダンプと反対に、真《ま》っ白《しろ》な航君《わたるくん》。家に閉《と》じこもっていたのかと思ったら、北海道へ行ってきたらしい。帰りぎわ、航君《わたるくん》によびとめられた。

「これ、大ちゃんにおみやげ買ってきたんだけど」

小さな袋《ふくろ》を一つわたしてくれた。

「あ、ありがとう」

わたしにじゃなくて、大ちゃんにだけっていうのがちょっと気にいらないけど。でも、うれしい。大ちゃんのこと、気にかけてくれて。

木彫《きぼ》りの熊《くま》のキーホルダーだった。大ちゃん、何度もさわったりなめたりしていた。大ちゃんのカバンにつけておく。

母さんももうすぐ退院《たいいん》だ。夏休みもあと五日、なんとか無事《ぶじ》に終わりそうだった。

ボーン、ボーン――午前五時。柱時計の音に目がさめる。ちらっと大ちゃんのふとんを見る。

いない！

血《ち》の気《け》が引いていく。

「大ちゃん！」

とび起きて、家中をさがす。台所、トイレ、おふろ、押入《おしい》れ……、どこにもいない。

ああっ、ドアのかぎが開いてる！

外へとび出す。うす暗やみの中に、赤い階段《かいだん》がぼーっと浮《う》かぶ。その下に、小さなかげ――。

心臓《しんぞう》が張《は》りさけそうだった。階段《かいだん》をかけおりる。

「大ちゃん！」

おそるおそる近づく。

うずくまって、声も出さずにないている。大ちゃんだ。頭から出血している。
頭の中が真《ま》っ白《しろ》になって、耳の中にきーんと音がひびく。
落ち着いて、落ち着いて……。
そうだ、前に落ちたとき、母さんは水田医院《みずたいいん》につれていってた。
階段《かいだん》をかけ上がり、家からタオルと車イスを持って出る。
大ちゃんの頭をタオルで巻《ま》く。
「大ちゃん、だいじょうぶ、だいじょうぶだからね」
車イスを押《お》して走る、走る——。
はあっ、はあっ……。
あーっ、つまずいた！
つまずいて車イスが手からはなれた！　坂道を下っていく。
「大ちゃーん！」
さけんだとき、うしろでキィーッとブレーキの音がした。自転車からとびおりて、だれかが走っていく。目をこらす。

うす暗がりの中で、車イスを押《お》してもどってきたのは――ダンプ！

どうして、ダンプがここに？

大ちゃん、ふるえている。

「ごめん。大ちゃん、ごめんね」

大ちゃんは車イスから身をのりだして、ダンプに腕《うで》をのばしてだきつく。タオルに血がにじんでいる。

「こんな時間に、どうしたんだ」

「大ちゃんが階段《かいだん》から落ちたの。それで、水田医院《みずたいいん》に行こうと思って……」

「よし、水田医院《みずたいいん》だな」

ダンプは大ちゃんを肩《かた》にかかえると、走りだした。

水田医院《みずたいいん》はまっすぐ南に下がって、コンビニを右に曲がって三軒目《けんめ》だ。

速い、ダンプ、ものすごく速い。

ダンプのひたいからぽたぽた、汗《あせ》がしたたっている。

病院は、真《ま》っ暗《くら》だった。病院つづきの家の台所の電気がついていた。

「すいません、すいませーん！」

ダンプがさけぶ。

「すいませーん！」

わたしもいっしょに声をあげる。

台所の勝手口《かってぐち》から、若《わか》い奥《おく》さんが出てきた。大ちゃんの頭に巻《ま》いたタオルは、真《ま》っ赤《か》にそまっている。

「まあ！　どうしたの」

「階段《かいだん》から落ちて」

ダンプがかわりに説明してくれる。

「ああ、大ちゃんね。すぐに先生を起こすから、中に入って」

わたしたちは診察室《しんさつしつ》に通された。

大ちゃんはダンプの腕《うで》の中で、視点《してん》の定まらない目をしていた。

わたしがもっと早く気がついていたら、こんなことにならなかったのに……。

「ごめんね、ごめんね、大ちゃん……」

わたしは呪文《じゅもん》のようにくり返した。

「意識《いしき》があるから、だいじょうぶさ」

落ち着いているダンプ。これが、学校でいやなことばっかりいうダンプ？

ドアが開いて、白衣《はくい》の男の人が入ってきた。ね起きの顔をしている。奥《おく》さんがカルテを持ってきた。

「二階の階段《かいだん》から落ちたんだね」

「はい……」

わたしは、なきそうな声でこたえた。

「君たちは、外で待ってて」

先生にいわれて診察室《しんさつしつ》を出る。がらんとした待合室のソファーに、ふたりですわる。

コチコチ、時計の音だけがろうかにひびきわたっていた。

「おまえの母さん、入院してんのか」

ダンプがつっけんどんに聞く。

「うん。父さんも夜中から仕事でいないから、大ちゃんとふたりきり……」

「ふうん。おれも母さんとふたり暮《ぐ》らしだ」

「えっ、そうなの」

「去年、父さんが事故《じこ》で亡《な》くなってから、母さんが働いてるんだ。新聞配達とスーパーのパートして。今朝は母さんに、熱があるんで手伝ってたんだ」

そういえば、この間も自転車に新聞をつんでたのか。

「すごいね、こんなに朝早くから」

「たいしたことないさ。朝には強いんだ」

てれるダンプ。

まだ小学生なのに、新聞配達なんて。ダンプのこと、見なおしたな。ダンプがいてくれて心強かった。

「六針《はり》ぬったよ。今回も骨折《こっせつ》してなかったよ。まったく、大ちゃんは運の強い子だな」

お医者さんがわらって出てきた。大ちゃんは奥《おく》さんの腕《うで》にだかれて、おとなしくしている。

「ありがとうございました。あの、お金は父が帰ったら持ってきますので」

「また消毒《しょうどく》にきてもらわないといけないし、そのときでいいわよ」

やさしそうな奥《おく》さんだった。

ダンプが大ちゃんをおんぶしてくれる。大ちゃんは、きゅっとダンプの背中《せなか》にしがみついた。

空が明るくなっていた。もうまもなく、陽がのぼる。

分厚《ぶあつ》い新聞紙の束《たば》が、道路に投げ出されたままだった。ささっと集めて、前カゴに入れる。

「サンキュー。じゃあ、残《のこ》りの新聞配ってくる」

「ごめんね、いそがしいときに。ほんとに、ありがとう」

「いやあ。それよりこっちこそ、あのとき、悪かったな」

頭をかきながらいうダンプ。

「ううん、もういいよ」

大ちゃんもゆるしてるよ。ダンプの背中からなかなかおりようとしないもん。

自転車が見えなくなるまで、大ちゃんといっしょにダンプを見送った。

「そうか、たいへんだったな」

父さんが帰ってきてから、ダンプの家と水田医院《みずたいいん》へお礼に行く。

「まあ、そうだったんですか。なにもいわない子でしてね。でも、この子も、人様《ひとさま》の役に立つことがあるんですねえ」

一目でダンプの母さんとわかるほど、そっくりな顔立ちの人だった。

「わざわざこなくてもいいのに」

ダンプは感心している母親のうしろで、頭をかいていた。

この夏休みはいろんなことがあった。宿題は、まだポスターと読書感想文《どくしょかんそうぶん》が残《のこ》っている。大ちゃんのことでは、はらはらさせられることが、いっぱいあったけど、けっこうたのしかったなあ。

12　ちがいます！

九月になって、母さんが退院《たいいん》。やったーあ！

咲《さき》ももどってきて、久しぶりに家族みんなが顔を会わせる。

「母さんがいない間に、大、できることがいっぱいふえてびっくりしたわ。まいには、お礼をいわなくちゃ」

「お礼なんていいよ。今まで母さんがしてきたことをやっただけだもん。メグやよっちゃんや、いろんな人にたすけてもらったからできたんだ」

「そうね。今まで、母さんはできるだけ人の世話にならないようにと思っていたけど、それは大にとってよくなかったってわかったわ」

母さんは、しみじみといった。

「うん、大はたくさんの人の中で育っていくんだなあ」

父さんもうなずいた。

もう咲《さき》があまえて母さんをひとりじめしても、大ちゃんは以前《いぜん》のように咲《さき》を押《お》したり倒《たお》したりすることもなくなった。咲《さき》がお昼ねしたり、いないときに、そっと母さんのそばによっていく。またひとつ大きくなったんだ、大ちゃん。


運動会も終わり、落ち葉の季節になると、母さんもすっかり回復《かいふく》して、またいつもの日々にもどっていた。

木がらしが吹《ふ》くようになっても、ラジオ体操《たいそう》のおかげか大ちゃんは元気で、みんなそろってお正月をむかえることができた。

一月三日、大ちゃんの誕生日《たんじょうび》。

「大ちゃん、誕生日《たんじょうび》おめでとう！」

十二本のローソク――この一本一本が、大ちゃんの成長のあかしなんだ。

大ちゃんのかわりに、わたしがローソクを吹《ふ》き消す。大ちゃん、にこにこして見ている。今年は自分のお皿にケーキが分けられるまで、手を出さずに待っていた。

「大、この一年でずいぶんお兄ちゃんになったね」

母さんにほめられて、大ちゃんはうれしそうだった。これからも、大ちゃんは大ちゃんのペースで、ゆっくりと歩いていってね。


三学期がはじまった。ぴゅーぴゅー、北風が吹《ふ》く運動場に、大竹《おおだけ》が何本も組んである。

一月十日は「とんど交流会」。整列《せいれつ》していると、きたきた。大ちゃんたちがぞろぞろ、車イスでやってきた。愛《あい》さんもいる。

「『とんど』というのは、地方によって左義長《さぎちょう》とかどんど焼《や》きとか、いろんないいかたがあります。この火にからだをあてると病気をしませんし、書《か》き初《ぞ》めが高くあがると書《しょ》が上達するといわれています」

きのうから用意してくださった、老人会《ろうじんかい》の会長さんのあいさつがあった。

何人かの代表が点火。火はいっきに燃《も》えあがり、天に向かってごーごー、ぱちぱちと音をたてている。

ぱーん、ぱーん、竹がはじく。

びっくりして、あーん、あーんと養護学校《ようごがっこう》の子が何人かなきだした。大ちゃんは、わらっている。

火《ひ》の粉《こ》が空高く舞《ま》いあがり、書《か》き初《ぞ》めが一枚《まい》、風にのってひらひらとんでいく。風の向きがかわり、けむりが目にしみる。

ほのおは勢《いきお》いを増《ま》し、竹が音をたててくずれていく。

「それでは、このあとは養護学校《ようごかっこう》のみなさんといっしょにあそんでください」

児童会長の放送が流れると、わーっとみんな、運動場に散らばる。今回の交

流は、だれとでも自由にあそべる。

あちこちでたこあげ、こままわし、羽根《はね》つきなど、お正月のあそびがはじまっている。大きなクスノキの横で、メグや、よっちゃんと羽根《はね》つきをしていると、愛《あい》さんが通りかかった。

「愛《あい》さん、いっしょにあそぼ」

声をかけると、愛《あい》さんははずかしそうにうなずいて、こっちにきた。

愛《あい》さん、羽子板《はごいた》を持つのははじめてらしくて、つきそいの先生といっしょににぎる。

カ～ンカ～ン、羽根《はね》が音をたてる。

バドミントンの羽根《はね》みたいに高くとばないからむずかしい。すぐ落っこちてしまうけど、おもしろかった。

「おーら、どけどけっ！」

ダンプが大ちゃんの車イスにたこをくりつけて、運動場を走りまわっている。大ちゃんは大よろこびでげらげらわらっている。

大ちゃんのやっこだこは風をうけて、どのたこよりも元気で一番高くあがっていた。

終わりのあいさつで、また愛《あい》さんがマイクをにぎった。やっぱりなにを話しているのかわからなくて、先生が通訳《つうやく》していた。でも、愛《あい》さん、たなばた交流会のときよりも、たのしそうな表情に見えた。


「きのう、とんど交流会があったな。一学期には、たなばた交流会があったが、みんな、おぼえているか」

学活《がっかつ》の時間に、橋本先生《はしもとせんせい》がいう。わたしにとっては、思い出したくないできごとだった。

「今年の反省《はんせい》をもとに、来年度、どんな交流会にしたいか、話し合ってほしいんだ」

先生がそういったときだ。

「先生、たなばた交流会のゲームのとき、いやがって手をつながなかった人がいます」

だれかがいう。ひそひそ、名前が聞こえてくる。

「先生！」

たまらず、春夫君が立ち上がった。

「ぼくだって、はじめは養護学校《ようごがっこう》の人となかよくなろうとおもったよ。でも、急に大きな声出したり、わらいだしたから……」

「それは病気だからしかたがないでしょ」

メグが立って発言する。

メガネの努君《つとむくん》が手をあげた。

「あの……、あいさつした子は、なにをいってるのかわからなかったのに、みんなで拍手《はくしゅ》して、養護学校《ようごがっこう》の子のきげんとりをしているみたいでした。どうして、養護学校《ようごがっこう》の子と交流するのか、ぼくにはわかりません」

先生は、ちょっとびっくりしたような顔になった。

「なんのために交流するかについては、たなばた交流会の前に、みんなで話し合ったろう」

「はい。障害《しょうがい》がある人を特別《とくべつ》な人として見ないで、同じなかまとしていっしょにたのしめるようにです」

メグがはきはきという。

「でも、先生、養護学校《ようごがっこう》の人と友だちになるのは無理《むり》だと思います。だって、あの子たちはしゃべれないし、わたしたちのいうことも理解できないみたいだから」

恵《めぐみ》さんがいった。つづいてタケも立ち上がった。

「そうだよ。あの子ら、ねてたり、ないたり、おこったりしてただけだもんな。なんにもわかってないよ」

なんにもわかってない――。

ちがう、ちがう！

わたしは、のどまで出かかった。

「いつまでたっても自分のことできないし、家の人も苦労《くろう》するよな」

教室の中がさわがしくなった。わたしは、からだがかあーっとなってきた。

そのときだった。

「だまれ、だまれーっ！」

突然《とつぜん》、ダンプが立ち上がった。

「おまえら、なんにも知らんくせに、かってなこというな」

みんなをにらみつける。

ダンプ、もしかして、わたしの味方《みかた》してくれてるの？

「なんだよ。サルの絵かいたの、ダンプだろ。おまえが一番ひどいんじゃないか」

だれかがいう。

「そうよ。いつも人のいやがるこというし」

「もっと相手《あいて》の気持ちを考えなさいよ」

口々に女子がいう。

ちがう、ちがう、ダンプは……。

だまってくちびるをかんでいるダンプ。

ああ、胸《むね》がしめつけられる。

「ダンプ、まいにあやまりなさいよ」

メグが、ぴしゃりという。

うつむいたままのダンプ。

「ちがいます！」

わたしは立ち上がっていた。

「ダンプは、わたしをたすけてくれました。大ちゃんが階段《かいだん》から落ちたとき、かかえて病院に走ってくれました」

どよめきが起こる。みんなの顔が、いっせいにわたしに向く。ダンプも、まっすぐわたしを見ていた。

「あの……、大ちゃんはわたしの兄ですが、ふつうの赤ちゃんの半分の体重でうまれました。むずかしい病気で、いつまで生きられるかわからないとお医者さんにいわれました。でも、大ちゃんはいっしょうけんめいお乳《ちち》を飲んで、訓《くん》練《れん》もうけて、やっとここまで大きくなったんです」

わたしは、ふうっとひと息ついてつづけた。

「大ちゃんは話せないし、なにもわかってないように見えますが、どの人がどれだけやさしいか、よく知っています。大すきな母さんの膝《ひざ》であまえている大ちゃんは、ほんとに幸せそうで、妹が母さんの膝《ひざ》をとってしまうと、さびしそうにすみっこにすわっています」

そう、大ちゃんには大ちゃんのよろこびや悲しみがあるんだ。

春夫君、努君《つとむくん》、恵《めぐみ》さん、ダンプ、タケ、よっちゃん、メグ……、みんな真《しん》剣《けん》に聞いてくれている。

「わたし、今まで大ちゃんのことはだれにもいえなくて……。交流会で大ちゃんのことがうわさになって、サルの絵がかいてあったときはショックでした。でもその後、おばあちゃんから、母さんや父さんが必死《ひっし》になって大ちゃんを育ててきた話を聞いたんです。わたしは、わたしの家族が大すきです。大ちゃんが、大すきです」

胸《むね》の奥《おく》につまった思いを全部はき出した。

ぱちぱちぱち……、拍手《はくしゅ》が起こった。クラスのみんなが拍手《はくしゅ》してくれる。胸《むね》が熱くなった。

拍手《はくしゅ》がおさまりかけたときだった。

「ぼくなんだ!」

さけび声がした。航君《わたるくん》だ。

「あの絵かいたの、ぼくなんだ！」

わっと、つくえに顔をうずめてなきだした。

えっ……？

教室の中は静まりかえった。

みんな、航君《わたるくん》を見る。

「塾《じゅく》のテストが悪くて、母さんにしかられて、いらいらしてたんだ。ふざけてかいて、すぐ消そうと思っていたら、みんなが入ってきた。ダンプは、ぼくをかばって……」

肩をふるわせてなく、航君《わたるくん》。

ダンプじゃなかった……。

「ばかっ、航《わたる》！　なんでいうんだよ」

ダンプがつぶやいた。

「そうか、そうか。航《わたる》、よくほんとうのことをいったな」

先生が航君《わたるくん》の頭をなでた。
航君《わたるくん》、あのときからずーっと苦しんでいたんだ。
「まいさん、ごめん……」
航君《わたるくん》が顔をあげた。
ぐしゃぐしゃだよ、航君《わたるくん》。
わたしもなきそうになりながら、うなずいた。
わあっと、また教室に拍手《はくしゅ》が起こった。

13　光あふれる中を

大ちゃんの卒業式《そつぎょうしき》の練習《れんしゅう》がはじまった。今年の小学部の卒業生《そつぎょうせい》は、大ちゃんひとり。なんともさびしい。

大ちゃん、卒業証書《そつぎょうしょうしょ》をもらいに行く練習をしている。校長先生のところまでひとりで歩いて行けるか、先生たちをはらはらさせているみたいだ。この間なんて、校長先生のすぐ前まで行きながら、Uターン《ユー》してもどってきたらしい。

それを聞いて、わたしも父さんもわらってしまった。

「わらいごとじゃないわよ。母さん、卒業式《そつぎょうしき》に、落ち着いてすわってられないわよ」

母さんが頭をかかえている。

ひな段《だん》の前に、大ちゃんと咲《さき》がちょこんとすわっている。でも、目をはなすと、ふたりしてすぐにぼんぼりや御所車《ごしょぐるま》を持ち歩くんだから。


風はまだ冷たいけれど、日ごとに陽ざしが春めいてくる。

黒板に、「一年間をふりかえって」と書いてある。

「この一年間を思い出して、なんでもいいから、心に残《のこ》っていることを話してほしい」

橋本先生《はしもとせんせい》がいうと、メグが手をあげた。

「先生から話してよ。このクラスをもった感想を」

そう、そうと声があがる。

「わかった、わかった」

先生は、こほんと小さなせきばらいをした。

「この一年間は、あっというまだった。先生はこの学校にきて、君たちに会えてほんとうによかったと思っているよ」

「先生、おせじはいいよ」

ダンプがいうと、どっとみんなわらった。

「ちょっとみんなに、聞いてほしいんだ。先生が君たちくらいのころだ。登校しているとき、いつも家のかげからのぞいて、にやにやしている一年生くらいの男の子がいたんだ。ある日、その子をとりかこんで、だれかがからかってつきとばした。男の子はうつぶしたまま大声でなきだし、さわぎを聞いて母親が家からとび出してきた。母親は、ぼくらをちらっと見ただけで、男の子を起こすと手を引いて中へ入っていった。男の子は片足をひきずっていた。それ以来、この子の顔を見ることはなかったよ。あのとき、どうしてつきとばそうとした子をとめなかったのか、先生は自分が腹立《はらだ》たしくてならなかった。今でも、そのときの光景《こうけい》が頭に残《のこ》っているんだ」

先生は、つらそうに顔をあげた。

「このころは、『就学免除《しゅうがくめんじょ》』とか『就学猶予《しゅうがくゆうよ》』というのがあって、からだの不自由《ふじゆう》な子や発達がおくれている子どもは、いくら学校に行きたくても行けない時代だったんだ」

「わあっ、ひどい」

女の子たちが声をあげる。

「一九七九年、昭和《しょうわ》五十四年に養護学校《ようごがっこう》が義務教育《ぎむきょういく》になって、はじめてこの子たちが学校へ行けるようになった。それからまだ二十年ちょっとしかたっていない。養護学校《ようごがっこう》とのはじめての交流の日、先生はあの男の子のことを思い出していたよ」

先生は、窓《まど》から遠くを見ながらいった。

教室の中は、静まりかえっていた。

わたしは先生の話を聞きながら、大ちゃんが今の時代にうまれていて、ほんとうによかったと思った。

「いやあ、しんみりさせてしまったな」

橋本先生《はしもとせんせい》、鼻《はな》をすすっている。

「先生、ぼく、養護学校《ようごがっこう》の子と交流できてよかったよ」

航君《わたるくん》が立ち上がった。

「うん。またつぎの交流会で、あの子らとあそぼう」

ダンプがいうと、わっと声があがった。

でも、わたしはみんなのようによろこべない。大ちゃんはもうすぐ卒業《そつぎょう》だ。もう交流でここへくることもない。せっかく、みんなとなかよくなれたのに。

そう思うと、ちょっとさびしかった。


「ねえ、まい」

母さんが夕飯《ゆうはん》のしたくをしながら、手をとめた。

「大の卒業式《そつぎょうしき》が終わったら、まいにいっしょに行ってほしいところがあるのよ」

「えっ、どこ？」

「あなたがお世話になった、たから保育園の園長先生のところよ」

「うん、行く、行く！」

わたしは、とびあがってこたえた。


ふくらんだ桃《もも》のつぼみ、黄一色になった菜《な》の花畑《はなばたけ》、あちこちに春のにおいがぷんぷんしている。

いよいよ今日は、大ちゃんの卒業式《そつぎょうしき》。朝からばたばたと、母さんが家の中を走りまわっている。父さんも咲《さき》も、みんなで行くから大さわぎだ。

「今日は大ちゃんが主役だよ。がんばってね」

大ちゃんの耳もとでささやくと、声を出してわらっている。よかった、朝からごきげんで。ね起きの悪い咲《さき》はなきだしたけど。

「行ってきまーす！」

一番にわたしが家を出る。

メグと、よっちゃんといつもの公園で待ち合わせして、三人でスキップして学校へ行く。

二校時目が終わったときだった。みんながいっせいに教室を出る。

「まい、早く！」

メグとよっちゃんに手をひっぱられて、わけがわからないまま外に出る。

四年二組の全員が校門前に整列《せいれつ》していた。

「さあ、行くぞ！」

ダンプの声に、みんなが「おおーっ！」と声をあげ、小学校の門を出る。

「ねえ、どうなってるの。どこへ行くの」

歩きながら、二人にたずねる。

「ふふふ、まいにはないしょにしてたんだけど」

よっちゃんがくすっとわらう。

「今から、みんなで大ちゃんの卒業《そつぎょう》のお祝いに行くのよ」

メグがウインクする。

「えーっ？」

「まいや、大ちゃんをびっくりさせようと思って、みんなでないしょにしてたんだよ」

「まいがきてない間に集まって、みんなで決めたの。ダンプの提案《ていあん》だよ。橋本《はしもと》先生《せんせい》がトマトに話して、きのうOK《オッケー》が出たんだよ」

よっちゃんとメグが交代《こうたい》で説明してくれる。

ダンプはがなり声をあげながら、二組の先頭を歩いている。

ありがとう、ダンプ。ありがとう、みんな……。

景色《けしき》がぼやけてきた。なみだがこぼれそうになって、上を向いた。

ああ、青い空――。ひばりが空高く鳴きながら飛《と》んでいく。

養護学校《ようごがっこう》の校門に、「卒業《そつぎょう》　おめでとう」の立てかんばんがあった。

「あとすこしで、式が終わりますから」

駐車場係《ちゅうしゃじょうがかり》の先生が教えてくれた。

校庭の大時計が十一時四十分をさしたとき、出てきた、出てきた。紺《こん》のスーツを着た大ちゃん。胸《むね》には、赤いカーネーションとカスミソウの花がついている。

わっと、みんなが大ちゃんのまわりにかけよる。びっくりしている大ちゃん。

「大ちゃん、卒業《そつぎょう》、おめでとう!」

大ちゃんをかこんで、いっせいに声をあげる。

パチパチパチ――、拍手《はくしゅ》のうずだ。

「よーし、行くぞ」

ダンプの声で、わたしたちは向かいあって玄関《げんかん》からずらっと二列にならんだ。

ダンプが大ちゃんをおんぶして、航君《わたるくん》がうしろからささえる。

「それっ、わっしょい、わっしょい、わっしょい——！」

背中《せなか》で大ちゃんをほうりあげながら、ダンプが列の間をねり歩く。

「大ちゃん、元気でね」

「わたしたちのこと、わすれないでよ」

「中学部でも、がんばってね」

みんながひと言、ひと言、声をかけてくれる。大ちゃん、まるで聞こえているかのように、じっと耳をかたむけている。

母さんは、もうなみだでよれよれ。父さんはうんうん、うなずいている。

養護学校《ようごがっこう》の人たちも出てきた。愛《あい》さんもいる。わたしたちのうしろにつづいて、校門まで列がのびた。

「大ちゃん、おめでとう！」

みんなが手をふってくれる。

愛《あい》さんがわたしのとなりにきた。

「来年は、愛《あい》さんだね」

愛《あい》さんはわたしを見て、こくんとうなずいた。

「まい、さん。わた、し、らい、ねん、こう、りゅ……、たの、し、み」

「愛《あい》さん！」

おもわず、わたしは愛《あい》さんの手をにぎった。

愛《あい》さんのことば、はっきりと聞こえたよ。

ふふふ……、ふたりで顔を見合わせる。

しっかり、ダンプの背中《せなか》にしがみついている大ちゃん。小さいけれど、わたしのお兄ちゃん。

光あふれる校庭、はじけるわらい声の中を大ちゃんが走りぬけていく――。

※現在では法改正により、各自治体によって異なりますが、「養護学校」の名称を「特別支援学校」に変更しています。

＊星　あかり（ほし　あかり）

一九五六年兵庫県生まれ。立命館大学文学部文学科卒業。中学校国語教師を経て、現在兵庫県内の特別支援学校に勤務。一九九四年「なっちゃん、おもいっきり！」〈『銀河鉄道からす座特急』所収〉（ポプラ社）で、第二回小梅童話賞優秀賞を受賞。一九九八年『魔法の小箱をかかえた少年』（日本図書刊行会）、二〇〇〇年刊行の『もも子・ぼくの妹』（大日本図書）が原作となり、二〇〇三年長編アニメーション映画『もも子・かえるの歌がきこえるよ。』が上映された。また二〇〇七年『大ちゃん』が原作となり長編アニメーション映画『大ちゃん、だいすき。』が完成し、全国で好評上映。日本児童文芸家協会会員。

＊遠藤てるよ（えんどう　てるよ）

一九二九年東京に生まれる。日本児童出版美術家連盟会員。独特の抒情世界をきりひらいている。一九六一年絵本『ミドリがひろったふしぎなかさ』（童心社）で講談社出版文化賞、一九九一年『ぶな森のキッキ』（童心社）で絵本にっぽん大賞受賞。『黒いちょう』（ポプラ社）『ベトナムのダーちゃん』（童心社）等、多くの作品がある。

〈子どもの本＊大日本図書〉
大ちゃん
二〇〇三年七月　一日　第一刷発行
二〇〇七年六月二五日　第三刷発行
NDC：913

作――**星　あかり**
絵――**遠藤てるよ**
発行者――**佐藤　淳**
発行所――**大日本図書株式会社**
東京都中央区銀座一丁目九番一〇号
電話／〇三―三五六一―八六七八（編集）
〇三―三五六一―八六七九（販売）
振替／〇〇一九〇―二―二一九
印刷／錦明印刷株式会社　製本／河上製本株式会社

ISBN 978-4-477-01646-7　*Printed in Japan*
183p　21cm×16cm